2021

中国青年诗人作品选

龚学敏　刘学民 主编

成都时代出版社

我们享受乌鸦的叫声在虚无中传播/它锯齿般的边缘,叶脉繁复/██████████████████████/它们一边醒来,一边也将我唤醒/自行车的把手上落着阳光,█████████/从此岸望向彼岸月光细碎成点点鳞片/虚空给予的自由让人犹豫/活着,把脊梁挺直成钻杆/嘘,不要惊动那副沉睡的手套/也许早已经忘记,融入生命里的样子/看到平静,便想到了此前的那场雨/流动的人群,有拥挤的辛苦/群山吞没了阳光,秃鹰用双翅遮蔽月亮/它从柴火中来,要到虚空中去/每一阵脚步声,都会将它的心变成战鼓/在那之前,母亲,我多想回到你腹中/是另一双眼,又像手,为成长的精神所描述/█████████████████████/橘瓣含入唇齿,酸甜清冽之溪泉丝丝化入肺腑/遥想山南茅檐、山阴溪水,████████████/这傍晚颓势的热,像是我失意的朋友/一边想要活成自己希望的样子,一边又活成了别人想要的影子/你的眼神深邃,可以锁住星空、大海/海水注入我们的灵魂,凝聚为沉默/手指长出漩涡,成为倾听他者的耳朵/因为眷恋,内心却更加潮湿/夜色正淹没我们头上的那轮月亮/我靠在她的膝上,看着星辉组成的银色光带横亘天际/█████████████████████/钥匙有被折断的命运,人世有无法打开的窄门/我作为不断被路过的火车站,在寂静中不停地喧嚣/悲痛是时针,喜悦是分针/风吹

目录

A—G

002　阿人初　黄　昏

003　艾　蔻　上交清单 / 藿　香

005　爱　松　伴 / 蚂　蚁

007　八　零　日常之光 / 不惑年：夜钓记

009　白小云　珍　惜

010　曹立光　众草环拥 / 那副手套

012　超玉李　秋天的缺席者

013　尘　轩　配音师

015　陈爱中　深夜读里尔克

016　陈　航　演绎法 / 喜鹊长在乔木上

018　陈文宗　拉姆斯盖特的凡·高

019　程叶篦　炊　烟 / 距　离

021　程载阳　雨

023　迟　牧　继承人

024　灯　灯　呵　斥 / 戏中人

026　邓可君　我为什么要坐在莲叶上

027　丁小龙　时间的形状 / 绘光记

029　董洪良　施工图 / 草木命

032　段若兮　橘　子 / 不知何故

034　耳　南　烤火仪式 / 查克同志

036　范丹花　剩余之物 / 戴珍珠耳环的少女

038　范庆奇　过　渡 / 心　事

040　甫跃成　眼　神 / 油　灯

042　顾鸣予　绿　萝 / 父亲，我是另外一个你

H—M

046　贺予飞　容　量

047　黑　辞　重有感

048　侯乃琦　无声的对话 / 驯　鹿

050　胡飞白　远和很远 / 晚　归

052　胡可儿　存　在

053　胡　桑　远眺大海光明的水面

过,只有肩上落满了风尘的人才会感觉到冷峭/果核有着坚硬的外壳,和内心汹涌的波澜/我想用钴蓝的天空爱你,但我还是不知道天空代表什么/旁白逐渐嘈杂,雪花屏消化了几双眼睛/爱人在北方,那里梧桐正在落叶/她们双手穿梭于春天卷曲的灵魂/将狐十数在身上,扮演自己的银狐/不如捻一枝枯萎花,不如捻一滴雨,不如在闪电袭来的时候微笑,不如把所有爱过的人想一遍,再想一遍/一粒尘埃,飞升,飞升,在宇宙内漫步/天空后退,黑蓝的海迎面而来/每一根白发里都有一个战栗的影子/我有更远的远方,需要看见/你头顶的荆冠,开满了蔷薇/你期待的夜露正在成形,将悬挂在明日的草尖/昏鸦飞绕的夕阳一点点吞噬掉我们的下午/一个人的身上常常有另一个人的影子/我嗅着的发丝从空气潜逃的蝴蝶体内,挽来两手清风/她一定悄悄地来过我的院子,看过我忧伤的这段日子/他看到冬风肆意掀起纸屑和树叶,和行人的衣角,万物都在露出本相/我盯着浮漂,重新定义了命运/清唱那青春的哀歌、寂寞的沟渠/喊出来,就可以心如死灰般,流放了/他们形形色色。会相爱,会争夺,会流泪……/那些在弦音中离开的,跟着雪落了回来/安寂笼罩着草坪,它们没有移动/诗歌赋给我最奢侈的爱和不能抵达的远方/我们甄别剧情,克制耳朵的方向/许多遗失的事物跌入故乡的容器/体内布满深渊与谷

089　陆辉艳　有时是 / 小　镇

091　罗璐瑶　来　回 / 傍晚，风信子及其他

093　罗杞而　就像鱼离不开水 / 终不似少年游

095　罗　添　一条河藏了一片星空

097　吕　达　是好的

098　马骥文　不　如

100　马文秀　藏羚羊

101　码头水鬼　另一个自己

102　麦　豆　正午的敲击声 / 巨大的阴影

104　毛拾贰　少　年

P—W

106　彭志强　琵琶伎

108　朴　耳　野马穆乌克

109　憩　园　两种关系 / 鱼刺一样的白发

111　琼瑛卓玛　礼　物 / 欢迎礼

113　山　童　风数落一地桂花

114　师　飞　庄周梦蝶

054 黄鹤权 蒲葵大扇 / 母亲，当我们再次谈起月亮

056 黄明洋 家居帖 / 穿越平原

058 江 离 星 图

060 江 汀 枝 叶

061 江一苇 钥 匙 / 火 车

063 蒋振宇 一生的琴 / 有些人的脸

065 蓝格子 一件起球的毛衣 / 卷心菜

067 离 离 只有风吹过 / 午后的琴声

069 李 浩 卡夫卡走廊

071 李 蓉 苦苦菜 / 拍照记

073 李松山 二月·雨 / 高速公路的上空

075 李 鑫 山 中 / 出山辞

077 梁书正 冬 至

078 廖淮光 三千多种植被里繁茂的祖国

079 林时辰 中 秋

081 翎 风 在苍洱牧云 / 黔东南的夜晚

083 柳 燕 十一月

084 龙 少 黄 昏

085 鲁 娟 春天里 / 夏 夜

087 鲁 羊 奎妮的情歌 / 生日晨读

115　十二楼　我的悲伤来自一个春日

116　思不群　穆佐回忆

117　斯文的屠夫　在湖区 / 圣拉查尔车站

119　宋　尾　孩　子

120　苏奇飞　水痕线 / 屈原的尺度

122　苏仁聪　蓝　桉 / 语文课堂

124　谈　骁　我看着我 / 自画像

126　唐　依　一只鸟从来都是专注的118

127　田凌云　众生喧嚣的时代 / 允　许

129　王二冬　方　言

130　王近松　听乌鸦啼叫 / 云朵，兼致友人

132　王彤乐　听我说 / 阿婆，或我们的下午

134　王志国　爬山记 / 春深处

136　韦　忍　那群麻雀 / 一枚秋果

138　韦廷信　沙　盘

139　吴天威　时间树的齿轮 / 我们在布洛亚相爱一生

141　吴治由　一条向低处延伸，然后消隐的路

X—Z

144　谢健健　回苍南 / 烘焙术

147　辛　夷　草　帽

148　熊　曼　信　物 / 一个人的身上有另一个人的影子

150　熊　焱　入梦宛如一次远行 / 我的心是下坠的尘埃

152　许桂林　细小的光 / 和爷爷喝酒

154　薛　瑞　我看马儿低头饮雪 / 圆　相

156　雅　北　面　具 / 旧　时

158　严　彬　在生活的河流边

159　颜　彦　阴天的圆满

160　燕越柠　消失的水域

161　杨碧薇　三十六古街

162　杨　钊　探望患者

163　叶燕兰　进入一片无人的空地 / 我什么也无法成为

165　一　度　院子里的雪悄悄来过了

166　易　翔　立　冬

167　尹　马　父与子

169　尹祺圣　鱼咬钩

170　余修霞　大柳的夜晚

171　余　榛　影　子 / 声　音

173　榆　木　从未命名 / 瓷　碗

175　玉　珍　理想主义

176　育　邦　乡村学堂 / 夜游山塘

178　云垛垛　傍　晚

179　臧海英　铁锹铲雪 / 那条路

181　张常美　落花记 / 闲　田

183　张二棍　黥　面 / 归去来

185　张静雯　致一位朋友

186　张　琳　意外所获

187　张　猫　手

188　张明德　静夜思

189　张雁超　关于哭泣

190　张远伦　失踪的瓦 / 欠　身

192　震　杳　赫哲人的口弦琴

193　郑茂明　公园里的花鹿

194　郑小琼　诗的节奏 / 梦的诗句

196　周　鱼　到灯塔去

197　卓　兮　瓷器 / 致少年

199　邹胜念　风捎来的话

200　左　手　圆　镜 / 水边的毛桃树

【 A I G 】

黄 昏

1

远处闪着灯
我们向远处出发

我们抵达远处
只有黑暗一片
"光明的本质在于黑暗"

远处
我们享受黑暗、寂静和弯弯的月亮
"眉毛如月亮,眼睛如泉水"

恋爱时
我们享受乌鸦的叫声在虚无中传播
和黄昏时微微燃烧的晚霞
"最好的帷幕应该如此:
遮住天空,而不是眼睛"

黄昏在我们身上升起
孕育着黑夜
"我们唱:我的心敞亮"

原载于《民族文汇》2021年第5期

1 上交清单

帽徽、肩章、领花、资历架
这些在她身上闪闪发亮的东西
需要用尽全力才能抠出来
现在，它们颤巍巍躺在掌心

常服、礼服、作训服
内腰带、外腰带、金丝绶带
曾经的表情与皮肤
陪她奔跑、跌倒，走上讲台
如今层层叠叠又变回织物

上交的物品种类繁多
小战士手握清单，逐一点验、勾画
她转身走向军容镜
任自己一点点暗下去，瘦下去
二十二年，那些斗转星移的漫漫长夜
有人辗转难眠
惦念着远处的塔与近处的花

藿 香

2

它的香气向来饱受争议
像伪善的薄荷
又像半妥协的敌军
它锯齿般的边缘，叶脉繁复
构建出宏大的味觉实验室
植株的弯曲与律动
是烟花秀，满溢着欣喜与诧异

当年野生新藿香
尚未开花时，采其茎叶
洗净切碎拌入嫩蚕豆
略带攻击性的清凉直冲鼻腔
这种味道
曾令我的外婆痴迷不已

很多回，她变成陌生模样
将自己锁进厨房
如歌如泣地料理那些小东西
身体始终保持倾斜
仿佛获取了某种神秘力量

原载于微信公众号"华文青年诗人奖"2021年6月

1

伴

"我原先有五个伴。"江石对我说,
第一个在空中,成鹰飞走了
第二个在山林,成豹奔走了
第三个在水里,成鱼游走了
第四个在地下,成泉流走了
只有第五个盘在江水中
倒拽着星空

蚂蚁

2

搬动土台的大蚂蚁需要一对腿箍
嘎姆朋未想到
天上的金银没有重量
他骂道:
你个小东西,腿那么细,要腿箍干什么?
他并不知道
江水也在搬运群山

原载于《诗歌月刊》2021 年第 10 期

1 日常之光

清晨,每日必经的巷子里
准时飘出中药的香味
我分得清哪一种来自当归哪一种来自黄芪
哪一种掺杂了桂枝枸杞丁香党参
不惑之年,我渐渐爱上了它们的
"四气"和"五味";

宿城九月初日低照的早晨
有的花还在开,有的叶正在落
老人在社区广场舞剑孩子们正赶往学校
我爱在小巷的入口处稍作停留
伸手接住这暖性的日常之光;

我想象着有那么多性情迥异的植物
正身披露水,头戴月色
风尘仆仆从荒野赶往城市
在炉火中伸展腰肢打哈欠
它们一边醒来,一边也将我唤醒;

我呀,我刚刚饮罢黄菊花茶
自行车的把手上落着阳光,也落着尘埃
我的血液里有植物的体香。

2 不惑年：夜钓记

在无限的寂静中我同清水河的
紧张关系开始得到疏解。
从此岸望向彼岸月光细碎成点点鳞片
被我钓起又脱钩于流水。
不惑之年，我爱上无倒刺空钩
爱上这苍茫之下的空与无
以及斜铺而下的天光，这世间最柔软的钓线。
我啊，曾经度过了无数个执拗的白日
与一条河拔河，痴迷于
书写苍白的"张力之美"。
而今，常常沿着漫长的河岸缓行
走累了，坐下，再起身离去
听波光窃语我身后事。

原载于《诗歌月刊》2021年第10期

1

珍　惜

我们静静站在雪地里
舍不得踩脏它洁白的身体

从未这样心疼过
虚空给予的自由让人犹豫
雪里的波涛、翅膀上的风暴

是呼吸获得了生命
还是爱放逐了自己

我们静静站在雪地里
等待答案把剩余的时间吞下

原载于《诗歌月刊》2021年第3期

1 众草环拥

风向标垂下头颅的时候
阳光刚刚给蒲公英缝好翅膀
错落有致的针脚
多么像午后意味深长的气息

他静静地被众草环拥
心渐渐泛绿
身子在虫鸣中缓缓松开
闭上眼
白云、轰鸣和世界都是柔软

掠过井场,配电室后面
站起一排排怀孕的向日葵
金灿灿的笑脸
知足、愉悦,凸起的腹部
是生活渐次灼烫的热爱

他就这样静静地被众草环拥
心跟着土地呼吸
坦然地面对伤口的疼痛
无言中静穆而又感恩
活着,把脊梁挺直成钻杆

那副手套

2

他离去的时候,手套还躺在
结缕草焐热的阳光中
肆意舒展的样子
像极了贪嘴的孩子得到满足

机油润滑液紧紧包裹住手套
经历让五指失去本色
撕开的伤口又加重柴油的味道
针脚知道自己是白色花朵

妥协有理,沉默按住来风
草蜢跳过光阴,车前子吹飞菜粉蝶
手套在井架平移中睡去
磨薄的指尖能看到透亮的人生

一片黄昏,缓缓飘下来
嘘,不要惊动那副沉睡的手套
它温暖、勤劳、谦卑,独属一人
却途经了所有人的一生……

原载于《石油文学》2021 年第 3 期

1

秋天的缺席者

一粒一粒堆积成山的稻谷
我一见就满心欢喜
一个一个金黄的玉米
挂满院子
我一见就心生爱恋

而我羞于谈论农事
这些年,久坐于室
我是秋天的缺席者

我已皮肉细嫩,老茧褪去
使用锄头和镰刀
这一祖传的技艺
只能在白纸上,画饼充饥

原载于《天津文学》2021年第10期

1 配音师

给一张白纸配音
给远处的灯塔与星辰配音
给一种未知配音

给融化的冰川、割翅的鲨
死在母熊怀里的幼崽配音
给燃烧的丛林及烟雾中的翅膀配音
给伤口配音
给路上的迷雾
努力活下去的事物配音
让静默的事物拥有控诉权

给底层人焦急的面容配音
给肉身里的暗疾配音
给衰老和新生配音
在磁场里,给明天的日出配音

给一间空荡荡的房子配音
给静默的乐器、老旧的椅
以及杯沿上的光配音
举杯,为酿造的液体配音

给一次拥抱配音
给柜里的衣帽围巾配音
给餐点的热气、冷热气流相遇的场景配音
给落下来的雨雪配音

在重力向下的岁月,打开麦
给近似于喑哑的生活配音

原载于《花城》2021年第1期

1 深夜读里尔克

没有人能猜得透天际那朵云的色彩，
千年或者瞬间都是一样的，因为看不到。
所以我们要守着落叶静寂的时光，让
蚯蚓爬过的痕迹惊醒。

布拉格的天空是瓦蓝的，对吗？
也许早已经忘记，融入生命里的样子，
总是黄昏穿透屋顶，召唤柳笛。

查理大桥在死去，伏尔塔瓦河会记得
流浪熏染的肉体，以及精神的固执吗？
正如流水越过堤坝，穿越洞窟，
在未知的旅途里，无所畏惧。

天空总是沉默，在喧嚣的口吻里，
让言说苍白、四目相对的刹那，
也还是陌生。瞧不出精致来，
绵密的树林让人类惭愧。夜是孤独的，
在敞开中等待即将到来的一切。

原载于《诗林》2021年第4期

1

演绎法

看到湖水,便看到了平静
如一面镜子,没有波澜
看到平静,便想到了此前的那场雨
黄昏吞吐水雾,跃出无数头野兽
带着锋利的锯齿,厮杀这片湖
想到那场雨,便想到了乌云
囤积着多年生活的疾苦
在某一天,突然爆发
想到乌云,便想到了消失的太阳
不知退居于何处,难以找寻
想到了消失的太阳
便想到了躺在病床上的祖母
长期受贫苦和疾病的折磨
她的一生,下的是洪水,不是雨

喜鹊长在乔木上

2

我所看到的优美,是嫁接在
乔木上的月光,拱起锋利的脊骨
发出鸣叫,让人逐渐淡忘掉
周遭沉默事物里,忧伤的晦暗
长久地凝望,还可以捕捉到
其白天在旷野或者田间
觅食的欢愉,而在匆忙的生活里
我也因这短暂的停歇而感到羞耻
我的薪水,还很低迷
还未能脱去廉价的衣服
清晨的汽车,驶进狭窄的小巷
流动的人群,有拥挤的辛苦
他们各自忙碌,对黎明视而不见
我来到公司,这里没有人关心
窗外的晨光及远山青色的缭绕
他们担忧粮食、蔬菜的价格
关心每一天烟火变动的姿态
是的,他们更加不可能关心月亮
不去了解月光,也没有人知道
可爱的喜鹊,长在高高的乔木上

原载于微信公众号"七号海"2021年1月

1

拉姆斯盖特的凡·高

拉姆斯盖特是个荒凉的地方
没有毛榉树,没有草
更别说一条丰满的河流
拉姆斯盖特
群山吞没了阳光,秃鹰用双翅遮蔽月亮
红头发的凡·高,被瘦弱诅咒
被瘦弱诅咒而头发变红的凡·高
有时在凛冽的风里
有时在暴躁的雨中
用干瘪的脚掌,缝合绝望
拉姆斯盖特是个荒凉的地方
狼都不愿久居
何况一朵鲜花一匹马
甚或一个人,名叫乌苏拉

原载于《诗刊》(下半月刊)2021年第1期

1

炊　烟

炊烟一会儿像云，一会儿像狮子
有时也像我，以及故去的亲人
炊烟并不知道自己的身份

它从柴火中来，要到虚空中去
它去时，会骑一匹渐渐变成白象的马

炊烟摇曳的一生，缥缈，无常
它会按自己的样子塑造看它的人
将我沉甸甸的心，变幻成一头大象

我们的身躯，也从柴火中得到滋养
把一颗心交付明月的同时
也向大地交出身躯，向虚空交出姓名

看炊烟久了，我会看到自己的脸
随风吹得淡淡的脸
脸后面是群山，群山后面是落日

2 距离

麻雀飞到林间觅食,从广阔的天空中
将一颗惊慌的心带到树下
短短的脖子,深藏在灰色的羽毛里

觅食时,它似乎在小心地阅读一封信
一啄,一啄,它在寻思
每一阵脚步声,都会将它的心变成战鼓

梧桐在远处保持着克制
柳树正努力降伏扬起的枝条
小小的白蝴蝶,围绕野花轻轻鼓掌

为了一只正在读信的麻雀
我也愿意留在原地
为不断的风声保持一点儿矜持

原载于《江南诗》2021年第2期

1

雨

我时常想,如果在下雨天出生时
就立刻死去
宇宙便是恒长的暖流。可母亲,
你以持久的耐心,教我
溺水前大口呼吸,使盐聚集于舌头
从云端到水面,最终
被摊开在粗糙的掌纹间

漫长的日日夜夜里的一切,种下了使我们
相视而离的沉默。你找不到
变声期孩子与世界噪声间的信道

就像在时间坍缩中我们对胎膜变成了怎样的形状
毫不关心。它成为毛衣领上无言的染发膏
成为避孕药,还是因于厨房的
皱巴的塑胶手套
事实上,它变成气球,悄悄瘪掉
或在飞到空中某处时
突然消失

我永远不知，你为何不放了这舟
任其莫之能御地游。浊水没过膝盖
你立在水中，单手执绳，像织布鸟筑巢被枝条
划开身体，执意死于这终被抹去的
流逝与结局

尚未被删除的这一夜，羊水连绵不息
我就要出生，分不清泪与水地
一滴滴融化在宇宙的纱窗上
在那之前，母亲，我多想回到你腹中
孤独埋于地下
经受着一次又一次捶打，却从未溃泻的
防波堤

原载于《诗林》2021年第3期

1

继承人

弱冠之年,他开始在自己身上寻找父亲。
而后愈加强烈,多种状态的父亲:
坐着的,躺着的。打牌的,喝酒的,和生病的。
更多却是沉默流汗的父亲,一支烟抽到天黑。

私自去工地观礼,那个中年男人
混在更多中年男人中间,背影隆重,
映衬着整座城市拔地而起的壁垒森森。
父亲的梦想是全家住进新房,还有一个
是他敏而好学的儿子,
他不希望儿子像他:苦难是自己的伤,不该遗传。

青春期时,他的确不像父亲,甚至
仇视父亲的权威,抽烟,以及咆哮的酒。
现在,他感觉自己的眼睛汇流了更多的水
包容的洞察力,反复触摸曾被谁触摸过的生活。
是另一双眼,又像手,为成长的精神所描述:
弱冠之年,他开始在自己身上寻找父亲。

原载于《星星·诗歌原创》2021年第9期

1 呵斥

对湖水呵斥,是因为它太像湖水了
悲伤时没有异议
愤怒时没有异议
沉默时没有异议

我的母亲是一面年迈的湖水
我和她枯坐在窗前
我怀念

筷子掉落在地上,我捡起
新的呵斥又重新到来

黄昏越来越近
作为另一面湖水,呵斥声与我半生相伴

和我的母亲不同,她急于遗忘
我一直在等待

就像这首诗,开头一样

2 戏中人

孤独收获了月亮。水龙头呵斥了江河
戏中的人,唱词悲愤,婉转
如果我要让他活下去,如果他执意
一死再死,一再活成
我们每一个人
如果我的听力突然中断
如果我凝神

看见死去的人,死去的物种
都有相同的命运
抛出的水袖,在山顶,在云端
迟迟不肯认领结局

我空有一颗山水之心
我空有一颗悲悯之心
我空有一颗诗人之心

原载于《诗刊》(上半月刊)2021年第6期

1

我为什么要坐在莲叶上

秋分前的每个上午我都是这样坐着,
阳光经过高低错落的叶子就变温和下来,
和我分泌的黏液融在一起,
飞虫喜欢在莲叶间游戏,喝些露水,
到中午,我也舌酸腹胀、肚皮浑圆。

这片莲叶不总是浮在水面,
下午和兄弟聊天的时候顺道看下新的阴凉,
是不是可以请我的女朋友过来坐坐,
以前我父母就是这样,等我长大,又换了别的叶子。

我常常想,如果我还是蝌蚪,
应该不喜欢这样干燥的空气;
如果在北方,我一定喜欢冬天,用睡梦代替思考,
但一定要醒过来,
就算被问一百遍"人为什么活着?"

原载于《深圳诗歌》2021年下半年卷

1

时间的形状

譬如此刻,在风中摇摆的白色短袖中,
我看到了时间的形状,也看到了自我的空无。
每完成一篇小说,我的世界就要经历一次重建——
我可以在废墟中找到每一块碎片,
却无法拼凑出完整的镜子。

在通往时间的航行中,我既是旅客,又是船长。
我记录下了沿途风景,却丢失了心的判断。
唯有面对自己,我才能描摹出时间的形状。

如何终结焦灼,是我们一生都要面临的诘问。
或许,活着本身就是一场向死而生的游戏——
有人在游戏过程中退出,而剩下的人,
在游戏终结时,才能看到时间的真实面貌。

2 绘光记

电影，作为一种祈祷，是一种对于光的祈祷。
黑暗中的人，最懂得光的慈悲。
我把每部电影都当作时间的避难所。
在电影的庇护下，我与更多的自己重逢。

戴面具的日子太久了，
我照着自己的影子开始缝制新的面具。

不，不能再用那些陈旧的语言来表演。
你需要重新清洗那些词语，让词语回归到词语。
就像是尘土终将归于尘土，人终将归于人。
不，甚至要重新发明新的意义，
即便连意义这个词语都长出了太多的青苔。

要保持写诗的节奏，就像保持呼吸那样。
写诗是一次接一次的魂灵动荡，
甚至就是清洗，清洗充满幻象的意义。
每看完一部电影，仿佛是写了一首速朽的诗歌——
不朽正是戴着腐朽的面具。

原载于《星星·诗歌原创》2021年第5期

1

施工图

楼群中布满了小抽屉
一格一格的,分着
临时产权归属的楚河汉界
电梯整日在人世和地底疾行
一楼及一楼之上
小铁笼子困着雀鸟与小野兽
也困着即将跌落至
地底去的人,阳台配以花草
负一层及以下没有土
只有冰冷,钢筋水泥和
停泊着的一辆辆颜色不同的车
它们是移动的另一种小盒子
只有电梯在走上走下
它好像把别人的失眠症和秘密
经左邻告诉了右舍
经东家告诉了西家

把楼上叫嚣、嘶哑的声音和某些动作
带给楼下，又反作用力于楼上
更把一些不明者的经历和身份
包括即将抽离的灵魂
带到了地下——
在这张施工的图纸上，
只有监控器的高清探头在盯着
幸运和不幸的发生，等待天亮
——三个格子里发生的事情
虚拟的现实比真实的刀
更真切，更剜心、刮骨

原载于《中国作家》2021年第3期

2 草木命

桃木有命。桃树杏树梨树
开花结果，槐树柏树棕树是否结籽
恕我没有一一求证
其他，树凡有命
身骨皆被车裂，怕火
怕风雨、廷杖和三千雷劫
我属木，自然扎根在大地与沃野
山崖显得决绝和危险
偶尔开小差、得病，钻牛角尖犯错
纠缠死生逻辑，默思
玄想和灵魂是否浩大
血肉与骨头都怕上刑场
剥开以后，里面草木棱角
钢扎铁束，泾渭分明啊——
春风是个还魂大师，它一吹
所有草木死而重生

原载于《飞天》2021年第2期

橘子

1

缓慢而谨慎地。她坐在餐桌旁剥橘子
沿着手腕看过去,棉布的睡裙
织满青藤的花蔓,将一个人的身躯覆盖

透过木格门,炉灶上火苗熏蓝
砂锅里溢出糯米、赤豆、红枣、桃仁、百合的味道
越来越浓,空气里注满甜暖的粥香
房子另一侧的落地窗外,大雪沉重,浓烈如白火
层叠的山和海之外,一些生命在微弱地哭
把雪花硬生生哭成了红色。红的雪海
疼痛的火焰悬挂在灰烬的廊柱上。而夜在沉陷

米粥的味道弥漫过来时
她看着手中剔透的橘瓣,有片刻怔忡
窗外,明月的清辉升起灵幡
大地轻轻地如盖棺般合拢伤口
橘瓣含入唇齿,酸甜清冽之溪泉丝丝化入肺腑
如每一个日常归入它要奔赴的永恒

2

不知何故

不知何故，面对浓雾如见远山，眸光清润
遥想山南茅檐、山阴溪水，伸手触到竹底晨露
身后红花招摇，鸡雏三五

不知何故，深望夜空而不见星辰
天如深渊，地如旋舟。我仍怀抱明月
却已不知此身何处

不知何故，明明欢喜却无端泪眼迷蒙
我有所爱之人如在云中
我仍心藏深情，却已不懂爱为何物

不知何故，花颜之际忽觉身心成灰
但忆年华如水流荡，往逝不归
而我与众生俱老

原载于《民族文汇》2021年第4期

烤火仪式

1

参与烤火仪式的人多来越多
难免有人离开,然后敲定某种礼节
比如:猎人留下裹腿。今日它们被局部提起
然后搬上厅堂

火越来越旺,每个人进门都要添一根柴
这太值得警惕,否则隐于密林的树影
就将显形,而后也要自证清白

到后半夜,已经无法判定火势走向
苍老的怜悯布满炉火,房梁年久失修
在如此背景之下,它理应失去多余的定语

不停调换偏旁,导致山墙随了风的名姓
按压不同穴位,都诊出雷同的病症

山空了,便有人在灰烬前加入洪流
春天就这样仓促成立,一些慈悲的明月
坠入草莽

2 查克同志

多年以来,查克同志一直恐惧鸟鸣
桦树枝一响,他就变成黑夜的守门人

这样一来,他还担心树木生长过快
怕树影截取自身的某一部分,强加给他
如此多虑,也使他开始恐惧流水

有时候,他会莫名觉得屋子很冷
就不停地拨动钟表,甚至把午夜
也延后了几个小时,这些生活的原料
到头来却使他不得不裹紧眼睑

查克同志与我毗邻,日子久了
他也渐渐恐惧我的存在。有风吹来
我也化名查克,闯进查克的梦里

原载于《星星·诗歌原创》2021年第11期

剩余之物

1

生前,他的东西都保管得很好
六十年代的家什,八十年代的
热水瓶、被褥、镜子……
所有的东西都不能丢。丢了一件
都会引发局部的风暴、地震
甚至海啸——
有时有什么找不到,他就会
坐立难安,怀疑是不是
被人故意丢了,在这种偏执下
他保存了半个多世纪的物品
无人敢动,哪怕是个有裂纹的杯子
现在他去了另一个世界,失去
主人的这些旧物变得更加喑哑
它们在原位开始了长久的缄默
实体与镜像在这里已互为空置
让人意识到:他走了,什么
也没带走

2

戴珍珠耳环的少女

导演彼得·韦伯与画家维梅尔
仿佛跨越时空,进行了一场交谈。

他们谈及了灰尘、线条,以及
青金石的蓝,如何
越过洞渊,抵达一颗珍珠的内部,
永存那种惊鸿回眸的光。

就像镜头:他把她叫到窗口
问空中那些云朵的颜色。就像

他们未曾说出爱,但
每一位看过那幅画的人,都确信
爱情来过。

原载于《江南诗》2021 年第 5 期

1 过渡

鸽群隐没是过渡的起始
它们先于夕阳消逝
藏进某个不为人知的空房子
此时月亮正从远处赶来

路灯渐次发光,机器停止劳嗽
温热的路面环抱一天的疲乏
离群索居的人走上偏执的路
潮湿的脚印,是城市的赐予
他们是月亮洒落的星星
散布在城市周围

总有些过渡容易让人忽略
黑白的变化,城市不搭的结构
它的出身和它的名字一样廉价
——城乡接合部

我们行走,从不过问
雨中的香樟在招手
捡起地上的叶片
细数时间的划痕
有一刀指向自己的心脏
有一刀劈向他人的头颅

2 心　事

一个人走在旷野上
遇见从远处赶来的夕阳
这傍晚颓势的热，像是我失意的朋友
他渐凉的身躯刻满了一天的劳累
而我的怀中，藏着一杯待喝的酒
席地而坐吧，用荒地作为桌椅
饮尽这几年彼此遇到的不易
几年前，我连夜赶路，经过绵阳
我知道，我们体内都有一杯未饮的酒
此后的某一天，我们会再次相遇
山背后升起的月亮有了酒的味道
饮一缕月光，该是遗落人间的芬芳
今夜的月，今夜的酒
醉了黑夜里赶路的远行人

原载于《诗歌月刊》2021 年第 6 期

1

眼神

那些活着的人，和死去的人，
他们在照片里的眼神是不一样的。
爷爷说，那些死去的人，会找出生前的
每张照片，将眼里的神采通通取走，
只留下两个呆滞的瞳孔。
爷爷说，判断照片里的人
是死是活，只要看看他们的眼神
就够了，你信不信？我说我信。

所以这些年来我都记着爷爷鲜活的眼神，
所以这些年来，我从不翻看他的照片。

原载于微信公众号"民间短诗"2021年6月

2 油 灯

在小号油漆罐的盖子上扎一个孔,
把轮胎的气嘴装上去,再用一根废鞋带
从气嘴中间穿过,油漆罐里灌满火油,
盖上盖子,一盏油灯就做成了。

大喇叭里说,九点以后电力恢复。
在此之前,我们挤在堂屋里,
对着豆大的光,喝茶,聊天,或者发愣。

有时我也写作业。但是很快,
我便开始走神。我用笔尖拨弄灯芯。
火苗时高时低,堂屋时明时暗。
回头看,我有所有人中最大的影子,
像巨灵神,在整面墙上隐隐晃动。

我才思泉涌,伏案疾书。
那是我最耀眼的时刻。大人们配合默契,
为一个孩子让路。我坐在灯前,一个人
占据了世间一半的光明。

原载于微信公众号"华文青年诗人奖"2021年6月

1

绿 萝

被他修剪后放进一个透明的瓶中
倒入五分之一的水
被他用绳子将几支捆成一束
将体态凹成他希望的造型

为了活着,它需要在最短的时间内
长出探得生命之水的根须
为了活着,它需要竭力地抖落
一些多余的叶子
而这个重生的过程
如同被生活淹没的我们
一边想要活成自己希望的样子
一边又活成了别人想要的影子

2 父亲,我是另外一个你

多生了一个我,你的手就更粗糙些
多生了一个我,你就如同村郊荒草
一见风就矮下去,而后又爬起来
你的胸腔辽阔,可以装下草原、马匹
你的眼神深邃,可以锁住星空、大海
他们都说我像极了你:

在春天来临之前
做好一株草
在秋天临退之际
做好一把柴火

原载于微信公众号"北望诗社"2021年7月

【 H I M 】

1

容　量

怀孕时，看身边的每个孕妇，都似我的故人
医生说子宫只有一个拳头大
我的爱，也只有子宫那么大
为了填满它，我的母亲
用毕生的时间建造了一艘船

而现在，我为了填满它
准备驮起一片大海

原载于微信公众号"天天诗历"2021年8月

1

重有感①

翻出杂物间的一只皮箱
假设我并不知道里面的东西有多旧
我满怀期待,找到钥匙并打开它
铁锈甜蜜的腥味,像泄露了
闹市中轻佻的早晨
一本改过病句的集子、一颗脱水的
桃核、我掉下的牙齿。十年了
也可能不止,我再难拥有这些
旧事物:它们酸涩的齿轮与其本身
但我终于懂得自己的处境
我又获得了时间的再一次修正

原载于《星星·诗歌原创》2021年第9期

---

① 借用李商隐诗题"重有感"。

无声的对话

1

那个皮肤很白的男孩，
每一次见，都像第一次见。
城市消失在最后的傍晚，
是博物馆典藏的副本。
无声的对话在昆虫和植物间进行。
角落暗藏冷眼，
洞悉一切如洞悉风
吹拂微黄的发。

砖瓦构筑码头，琴音传来，
倾诉着忧愁、将别离。
手浸泡在温暖的空气中，
逐渐生硬。夏天，枝繁叶茂，
看不见树梢，看不见头顶的白。
世界只剩面对面的孤独，
乘着船，漂洋过海。
很熟悉，锁进身体的夜
燃尽下个十年的灵魂。
来不及告别，死去的悬崖
重新盛开。

原载于《扬子江诗刊》2021年第2期

2

驯 鹿

月亮有灵石的属性、羞涩的面庞。
呵一口气，秋天就化了。
悬崖下，哺乳的鹿拾起受伤的果子。
谁生性自由，遇见他乡之鹿。
泉水洗过的眼睛望着山峦豁口。
天空种满温柔的名字，
玉字旁，或女字旁。
草在睡眠。梦里，谁生着姣好容貌，
谁走进谁的婚房。
风是夜晚的被子，吹散月亮。
秋天聚拢，呓语中眷恋的丝线
将闺阁的蝴蝶织进三月。

原载于《江南诗》2021 年第 1 期

1 远和很远

列车正从雾中驶向我
一种弥漫不确定性的忧伤涉水而来
无法读出。假如,凝视你的眼睛
姐姐,我就永远得不到救赎

灰椋鸟飞过,再难回头
而空枝仍在
睡梦里听长长尾音的曲子
就这么对抗雨季

姐姐,我知道,黑暗中你总是保持谦忍和节制
其实生活并没有使你改变什么
酒有赤橙黄绿青蓝紫。日子亦如是

也许,我从小就偏爱专注
终日倾心于叙述的荒谬

那日,将野葱切成小段,整齐码放
烹制成相思和莫愁。空山尚冷
可你却说,嗯,是这个味儿——

那趟列车悄无声息,确信寂静已驶出很远
——姐姐,落日里,有着徒劳无功的美

2 晚归

我一个人骑车回来
沿车行道最里面的那侧
总是骑得飞快
黄昏里的风声会在耳朵边嗡嗡叫着
它们一再给我幻觉和睡意
那些街边的嘈杂
路人陌生的面孔
总是让人觉得
与这个世界格格不入
就像有些事物
生来就永远处于孤立状态
广场中央的旗杆
暴风雨后,旷野以及独木
即便大家都陷入沉默
我也渴望拥有平凡世间的欢愉
暮色将我凝固。大海一般

原载于《诗刊》(下半月刊)2021 年第 10 期

1

存 在

无法用毁坏一台钟的方式
阻止她的衰老
她的头发像正在融化的雪
不断尝试重新凝固

她身体里装着两个世界
另一个世界有爷爷和大伯
她不再常常念叨他们
她越来越安静
助步器砸向地板的声音
压过了脚步声

迅速衰退的听力导致她的
这个世界，越来越安静
只有中央电视台的新闻节目
和几位至亲的人
能使她回应

原载于《星星·诗歌原创》2020年第11期

1 远眺大海光明的水面

我们在眉宇间对称。
岛屿间幽蓝在传递深渊，
至暗时刻，人们飘荡在风里，
像旧麻袋呼呼作响，
却听不见彼此的哀伤。
海水注入我们的灵魂，凝聚为沉默，
每个人的眼睛反射着自爱。
深邃的争执。深邃的不争执。
我们在海面上宽恕了几道裂缝，
深流涤荡尽草木间的错会。
唯有玄鹤衔珠而飞。
那耀眼的、在海面蠢蠢欲动的鹤，
敲碎一个满是口角的季节，
让老灵魂遇见新灵魂，
固执地抛出一个个早晨，
等待光把我们变得透明。
巨浪开始远眺岩丛里的是非，
手指长出漩涡，成为倾听他者的耳朵。
我们终于愿意敞开，
芬芳如刚刚剥开的橘子。

原载于《诗刊》（上半月刊）2021 年第 11 期

蒲葵大扇

1

这乏味的草香，乏味的曲线回廊
乏味的扶梯
乏味的永无宁日
躺在杂物间的一个角落边
已比不上，长大后民谣手持的那把吉他
但它扇动故乡的风声一直
发放着塔罗牌。
时刻提醒我在姥姥乡下折叠的生活：捉蛐蛐
割马齿苋，焖槐花饭
像是慈悲的神明赠予的礼物。
我无法准确地描述它身上
发生过的动荡。灯光微弱颤动下，深秋和镜子在玩
光一遍一遍加深
镜面那头，我只察觉到
浑然一体的少年感和厚重感。我是
如此眷念它。
因为眷恋，内心却更加潮湿。

2

母亲,当我们再次谈起月亮

这几年,我将你的性格
承接得天衣无缝
我泥骨、泥胎、泥面,对外人文质彬彬
好得一塌糊涂
我把体贴留给妻子
把微醺的红留给久未见面的朋友
把雀跃留给归来的父亲
哪怕他是大男子主义、赌徒、某次家暴实施者
我不动声色搂紧了身边人的满意
却唯独对你
是一种趾高气扬的恩典
那天。中秋夜
我没有动。晃动的是走廊上那件断了一袖的衬衫
你坐在床头
——大声地哭着。落成洪水
夜色正淹没我们头上的那轮月亮

原载于《星星·诗歌原创》2021年第5期

1 | 家居帖

八月即将过去。选择闭门不出
在厨房中,剥卷心菜,搅拌鸡蛋
将西红柿倒入沸腾的水中

拿出一些时间,从厨房走向卧室
整理床铺,和你分享当天的天气
在电话中讨论,梦中飞出的一只蝴蝶
它正越过我内部的山脉、溪流、草原和戈壁
这时
推开一扇凝视的窗户,引一股初秋的风
摇动钟表上的时针,听滴答滴答之声

坐在书桌前,翻阅柏桦的《往事》
美人从远方来,带来十月才有的银杏叶
美人从古老的秋天来,在我耳边吞下咳嗽时
才有的阵阵瘙痒。美人从明亮的江上来
带来南滨路护栏上的雕塑。而我只是沉默
等着窗外挂满一轮遗忘的合川

2 穿越平原

动车正在黄昏中疾驰,沿着广袤无垠的成都平原
沿着起伏的桥梁和低矮的隧道。它在夕阳下
像一把剃须刀划过原野。沿着谷底的泥沙
拖出一条巨大的尾巴。在下面,小溪正在
你的脚下分开。沿着鸟群飞行轨迹
在岩壁上筑巢,你正好站在那里
沿着风刮过平原的角度,野花和梧桐树
消失在金灿灿的光晕中。你可以看见
飞驰的动车,白色般的闪电点亮夜晚
没有月亮,钥匙在腰间摇晃。跟一切都显得格格不入
水杯,苹果或是其他可以入口的食物,都在
飞驰般运动。十月末,你打望窗外黑漆漆的灌木丛
干草和遗落的树枝,被送去火焰之中

原载于《诗歌月刊》2021 年第 5 期

1 星图

外祖母告诉我,天上的每颗星
都对应着一个人
每当有人死去,属于他的星就会陨落
那是暑期,七星的斗柄正指向南方
我靠在她的膝上,看着星辉组成的
银色光带横亘天际
听她讲鬼神的秘闻,仿佛草木之间
到处都有神灵
这是何其宽广的世界
它们永久地铭刻在一个孩童的心中
当她的那颗星带着光焰消逝在夜色中
我就再也没有见到过那璀璨的银河
这就是为什么,我还是少年时
从图书馆里疯狂地寻找它们:
北斗星所在的大熊座
参宿四和参宿七构成的猎户座
我想象着,外祖母的星应该是在仙后座
想象着当它消隐之后,只不过是
参与到更深邃的暗蓝色的夜空里

我抵抗着，将星星描述为客体的冰冷知识
带着那张璀璨的星图
为了使它成为一种生活的远景
那些炊烟、伫立在浅紫色晚霞中的村子
那些已经拆除了的黎明时的街道
你的渴望，你的看上去有些笨拙的坚持
那么久远之后，依然在向我展现
那种隐秘的意义
我的意思是，每个人都带着自己的星图
——我们主动塑造着的自我
一种生活的风格，灵魂的强度
今夜，没有星光，母亲、妻子和孩子们
都已睡去，我想起你
当你指着树枝上浩大的圆月
而你是一阵风，托举着飘散的蒲公英

原载于《诗刊》（上半月刊）2021年第1期

1

枝 叶

枝叶确实已经漫过了身体,
再往上,接触着永远柔和的空气。
我梦见了旅途,在这个短暂的、
听任血液静静流动的梦境里。

精力仍然恢复,回到手指边缘,
如果挪动它们,能够拂去灰尘。
一面镜子因此逐渐显露自身,
正是这里,曾有一个完整的家园。

正午时分,我无法始终寻找你,
树影没有移动,旅途也从未存在。
只有某种友谊,越来越苍白,

同时证明簌簌作响的真实。
但古老的镜子如何变得潮湿,
而我又如何能够挽回最初的渴慕。

原载于《诗刊》(下半月刊)2021年第10期

1 钥匙

无数次进出的房门
今天,钥匙忽然断在了锁孔中
我不知道这是它自己的选择
还是因为我用力过猛
一把钥匙,就这么拧断了
留下我,攥着断掉的半截
愣在原地出神。自小到大
我曾拥有过好多把钥匙
不曾拥有过钥匙的人
不会明白这种痛楚
一把钥匙,它有着金刚不坏之躯
它在锁孔里转动的声音是清亮的
这种清亮让人放心
让你从不会想到有一天
它也会
断在锁孔中

钥匙有被折断的命运
人世有无法打开的窄门

火车 2

那一年，在新修建的县城火车站，
我等一个人从远方归来。
渐近年关，应该还下了一场厚厚的积雪。
我一个人，在冰冷的火车站
固执地等一个人归来。虽然我不知道
她会何时，从什么地方归来。
我仔细聆听着每一趟火车驶来的声音，
眼睛一眨不眨地，挨个扫过每一个
从出站口走出的人。
后来，我逐渐熟悉了火车在轨道上滑行的隆隆声
和刺耳的尖叫声。我不知道如何比喻，
在和自己多年的对峙中，
我只觉得，时刻都有一列火车
从我的身体里穿行而过，
时而悲鸣，时而尖叫。我作为不断被路过的
火车站，在寂静中不停地喧嚣。

原载于微信公众号"华文青年诗人奖"2021年5月

1

一生的琴

此曲将弹奏一生
此曲终了,回音久久不绝

弹琴人,从母亲柔软的身体
得到一片辽阔
空无一物,唯有琴置于中央

他在曲谱中间,小心地挪步
走向母亲的晚年
母亲已为他收集太多
欢乐和忧伤,皆藏于音符

他肆意弹拨,浑身是伤
他用一生练习的曲子
没得到一次舞台

灯光转暗时,他在旋律的起伏里
睡了过去
母亲隐身于阴影
琴谱,在寂静中化为灰烬

2

有些人的脸

有些人的脸
保持着夜空般的宁静
涂满漆黑的忧伤

有些人的脸
钟表一样
悲痛是时针,喜悦是分针

有些人的脸
是蜘蛛的后背
布满诡异的花纹

我把脸藏在石头里
不让别人看见
石头的内部,有孤独的味道

原载于《诗潮》2021年第1期

1

一件起球的毛衣

毛衣起球
要经过多少时间
才能完成呢?

大概要超过一百万秒吧
一件毛衣
才卷起这些小小的星球

穿绿毛衣的孩子
走着走着,变成一个绿色宇宙
穿黄毛衣的孩子就是行走的黄色宇宙

一个个小行星
就这样
错落排列在孩子们的毛衣上

那些穿黑色毛衣的孩子呢?
裹着厚厚的夜空
他们身上的毛球
是阴天里,隐身的星星

2 | 卷心菜

不是空心的菜团
它只是
用一层一层的绿叶
把心里的孤独
当成秘密
紧紧地包裹起来

原载于微信公众号"一粒橘子"2021年11月

1 只有风吹过

风吹过,只有肩上落满了风尘的人
才会感觉到冷峭
即使是在春天
花顺着骨朵,就要丰盈
花顺着枝头,就要开放
花顺着风中独立的人
就枯了

2

午后的琴声

小时候吹着笛子
我幻想有一架钢琴
小时候看见一个鸟巢
我希望以后有自己的家
小时候玩过家家
我希望有一个能陪伴一生的人
那些小时候的事,都过去了
如今的琴声让我突然
想起那些事,一些人
回忆像一大块天空,在那里挂着
给你窗口,让你看

原载于《朔方》2021 年第 3 期

1 卡夫卡走廊

夜晚在海上漂浮着。
永不眨眼。渔灯照亮的海豚,
穿透树林,崩裂的
惊恐。风,吹亮山岭。铜皮色的肚腹里,
已经耸立起被雕成人形的石像,

和阵阵的轰隆声。窗帘下的
海角,像一颗恒星,永远躺卧在那里,
使飓风与涨起的潮水,
在昏暗的阴阳中,互相奔窜,
直到女孩子的黎明用尽。

逐渐凝重的蒸汽雾,在雷电的
照耀中,使山下的防护林,
焕然一新。它们挥舞着,刀光一般的
手臂,正努力接住,掉在地上的
翠绿闪电。我站在长廊上,

来回跺脚，海面上的雨，从空气中，
将我绷紧、压伤；楼房在颤抖，
风吹断的树枝和地上的土豆，
和雨一起，砸向窗玻璃，
我站在那里，我站在巨蟒的眼球里，

像一根笔直的钢针，
在电灯前发光。震动的地基，暴露出的
电线，穿过岩石大声歌唱。
战栗着的房门，朝里打开。
我每天都在一条蛇的脊背上行走。

原载于《诗刊》（上半月刊）2021年12月

苦苦菜

1

这倔强之物
在野地
一茬一茬地生长
切割的刀口溢出奶白色的汁液
伤口不治而愈
终其一生
练就一身苦计——
清热解毒、活血化瘀、杀菌消炎、降三高
……
一时,它登上大雅之堂
成了香饽饽

中年之后
我也成为
手持铲刀之人

2 拍照记

行走在冬日的黄河村
我拍下一枚孤悬的枯叶
拍下趴在窝棚边一脸安详的小狗
拍下一只专心啄食的母鸡
拍下一群抱团取暖的蜜蜂
拍下扛着一大捆玉米秸秆的老人
拍下一摞摞金黄的玉米和不远处的群山
它们让我的悲伤显得渺小
但没有拍下
那位裹头巾的妇人
一声温暖的问候
……

原载于《六盘山》2021年第4期

1 二月·雨

细雨落在鸟鸣里——
弹奏树冠灰色的琴键。

你躺在床上,像一枚果核
躺在松软的泥土里。

果核有着坚硬的外壳,和
内心汹涌的波澜。它渴望光
渴望晨露的爱抚。

像此刻的你,生根
悄悄地开花。

2

高速公路的上空

云朵飘忽,
一个跳跃,从河滩跃过村庄,
在村后高速公路的上空,生出许多马驹。
我瘸脚爬上冈坡,
这歧义的生活。
总有一些零星的雨,
以露珠的形式和我接近。

原载于《诗潮》2021 年第 3 期

山中

1

我想用桦树爱你,但我忘了桦树代表什么。
我想用蒲公英爱你,但我忘了蒲公英代表什么。
我想用钴蓝的天空爱你,但我还是不知道
天空代表什么。
山风浩荡,草木葳蕤,天空苍蓝,
我知道的太少,我想知道的太多。
我记得的太少,我忘记的太多。
比如此刻,我只知道我爱你,
却不知道我爱你,代表什么。

2 出山辞

该带的都带了，我眼眶里的山泉，
我骨子里的星光，我血液里混匀的
虫鸣和松枝挥扬的幅度。
我带了蒲公英身下的泥土、
尚未开花的映山红，还有一块
山水冲刷的岩石，上面的古老仪式
让人感动。
我要把这些都献给你，
山外灯火渐浓，有春风凝重，
电线串着路灯，布局着一座小镇的灯笼。
我要早点见到你，我知道我所带之物，
在这人间，都不会活得太久。

原载于《星星·诗歌原创》2021 年第 10 期

1 冬至

大雪封山之日,我们正在装神龛
积雪覆盖的大地那么静,屋里也那么静

小女儿举起灯烛,照亮"天地君亲师"位
祖父打开大门,放进远处那座
高耸的雪山

原载于《文学港》2020 年第 12 期

三千多种植被里繁茂的祖国

1

香樟、含笑、银杏、枫叶、杜鹃
桫椤、白辛、红豆、连香、珙桐……
生长三千多种植被的峨眉山
在清风和鸟鸣里,像无数姓名和族别汇聚而成的
村庄、学校、车站、码头、工厂……
三千多种繁茂的植被铺开,就是三千多颗跳动的心
就是三千多吨火热的情,就是三千多万追逐的梦
或在山顶,或在峡谷,或在峭壁上踮起脚尖
或在黑土地抱紧自己……
轻抚过雷霆闪电,也细数过鸟兽虫鱼
错落有致、各自生长;紧紧相拥、相互依存
怀抱着身体里的经度和纬度
细细开花、默默挂果、认真落叶
我在他们中间,一起寻着陡峭、巍峨
构筑起被弹唱的风景和海拔

原载于《星星·诗歌原创》2021年第4期

1

中　秋

他把蛋液调好的同时，油星跃动了起来
下锅，轻轻戳破黄色的气泡
仿佛雌狮哺乳般温柔，仿佛
听到火车携着滚石进站

邻里四方的烟火向他飘来
和着吆喝，从藏满泥土的窗缝挤进
一个收尾，遁入焦黄的夜幕
上桌，他摘下口罩，气味如沙砾碰撞
占据颅腔，油烟机的缺席才被发觉
脱下红色格子衬衫，他系在腰间
跑马蛋，佐湖南辣酱，再佐
都市剧的旁白，足以弹开妖娆的结

邻屋的铃响了三回。妻子买菜
丈夫下班，爷爷奶奶接了孩子回来
他把右耳伏在肩上
听通波江在身体里的共振

偶尔收获孩子口中的夜鹭
猢狲和会跳水的苹果
而后迷失在失衡的通波话里

旁白逐渐嘈杂，雪花屏消化了
几双眼睛。流水溶解着猪油的尾巴
他起身，骨节发出警告
明日，当把端午的艾草摘下
当分食满月，清空瓶瓶罐罐的辅料
去邀请猫眼里的住客，做门把之交

原载于《诗林》2021年第1期

在苍洱牧云

1

未满十八岁的远行,我幻想着去放牧
苍山洱海的无名云彩,裁下一朵最柔软的
为我疲惫的土脸上色。公路旁的水渠里
住着一些野生稻和向阳花,这干瘪的草骨肉

隐喻我诀别的落款。这短暂的十几年
被变质的红土抹个干净。想起拎包下车后
滞留的几次长叹,过去的我影印在照壁的彩绘中
白族老妪背着另一个过往的人,被稻田掩没

第一次在绿皮火车上度过高原之夜,所有
缓慢的倒退,都在接近一个凌乱的事实
我躲在洱海之畔不可见的脊柱后,听见狗群的
吠叫,虚构的望夫云,拨开我远行的真相

黔东南的夜晚

2

夜晚从植物的块茎里溢出,自下而上
身处黔东南的边缘,淀粉的滞重
让月光行走迟缓。我在湖心的木桥上
抿一口自酿黄酒,见楼门上的灯火

若林中鹿尾的虚影般离逝。此时
不会有打更人登场,哑着嗓子报告时辰
只需要摸出裤袋中的摩登,就能知道
晚餐的时间过去了许久。榕江或凯里
在破损的水泥公路上,颠簸出无数场奔波

撑着竹筏渡江,野迹烟霾中影印了一种
深水鲶鱼的巨大流线型。我听见竹林深处
大歌的声音,想起都市的行道树下
破碎尖利的蝉鸣。就在今夜,所有的黔东南

让我沦为不眠者的俘虏,在江水与鼓楼的夜谈中
尝试获得织布所需的节奏,而完整的刺绣
应包括,黄色的狗,高深莫测的夜晚,还有
一些未上色的人,半张着嘴,近乎毕加索的抽象画

原载于《星星·诗歌原创》2021年第1期

十一月

1

梦中惊坐的人流下热泪
候鸟正大批赶来,孤独的高原。
初冬接过晚秋的调色板
用更浓的颜料把事物推向绝美
之后,它们将集体演绎萧寂
十月的梦十一月还没实现。
爱人在北方,那里梧桐正在落叶。

原载于《扬子江诗刊》2021年第1期

黄昏

1

黄昏，雨夹雪按时到来
你听见一种降落覆盖在另一种
降落之上。像接替，像一种清晰的沉寂
打破了原有的寂静，你分辨不出它们的差距
草木枯萎的时刻，穿过生活的词调
也仿佛改变了行程。你接过母亲煮好的鸡蛋
　　醪糟
这古老的饮食，只有母亲才能煮出它
固有的味道，也只有母亲
记得你不喜甜食，却独喜这份清甜
后来，窗外只有雪落下来
你靠着暖气翻一本书，母亲坐在沙发上
缝一条蓝色的围裙，用你旧衣裙改做的围裙
母亲说，它的裙角需要绣一朵小花

原载于《诗刊》（下半月刊）2021年第6期

1 | 春天里

第一个孩子出生便夭折,第二个亦如此
她几乎活不下去
直到有了第三个孩子,第四个,甚至第五个

山上住着多少这样的女人
历经破碎依然完整
历经伤害却反弹出更多的爱

她们双手穿梭于春天卷曲的灵魂
满山蕨草一次次被摘取
又一遍遍疯狂生长

她们如祖母在夜里静静端坐
怀揣黄金的缄默
省略春雷般惊天动地的往事

2

夏　夜

一个夜晚，甜蜜的汁液溢了出来
母亲在左，女儿在右
月光把她们染得银亮
晚风送来花朵的暗香

母亲念我乳名时
我也在念女儿乳名
女儿大笑时
母亲也大笑

我躺在她俩中间
左边慢慢枯萎，右边渐次盛开
一条永恒通道连接我们
连成奔涌不息的长河

三条看不见的河流
在我们体内汩汩流淌
菩萨赐给三个女人整夜的清凉
三朵睡莲在黑暗的湖中微微荡漾

原载于微信公众号"诗刊社"2021年8月

1 奎妮的情歌

我躺在窄小的硬床上
肩部和腕部贴着电极片
为了诱发拇指背侧肌的外展力
我的局部肌体被通上电流接受刺激
护工吴老师（我们都这么喊她）坐在床的右边
光线较暗的一侧
你坐在我的左边，关注着我拇指的动态
你的手机放在窄窄的窗台上
里面播放着英国人写的小说《奎妮的情歌》
"等我看到你的脸，你看到我的脸时，
我就转而看向窗户"
我悄悄看向你的脸
你没有发现我的目光
所以你没有将眼睛望向窗外
这让我可以认真地看你美丽的眼睛
我笑了笑，这次你看向我
我轻声说，这会儿，我真安心
声音很轻，好像只说给自己听
再过十分钟，理疗结束的滴滴声就会响起
焦急的实习医生就解放了
他们马上就可以掠过我们
走出医院

2

生日晨读

我们通常认为
这样一册包含着奥秘的书
神奇的谜底多半会藏在最后几页。
生日的早晨，忽然发现藏有奥秘的书已经快要翻完了
我们却没有看清其中任何一个句子，甚至单独一个字。
于是我们说，奥秘明明写在最初的几页上。
好吧，赶紧翻回去，毫无希望地找找看！
我们敬畏地捏着那些最初和最后的书页，虽然心绪渺茫
却固执地相信谜题的答案就在书页的空白处。
或有此种可能，它的奥秘不在于隐晦，而在于过分明显
就像照耀万物的明晃晃的光。
有人说，我们对它视而不见是因为年老目衰
也有人说，是因为我们始终太年轻。

原载于《花城》2021年第2期

1 有时是

通常是无所归的——
道路的空。天空的空。手伸出去而脸庞
消失的空。风与镜子的空

通常是具体的——
位置的空。屋宇的空。凌晨时流浪犬跑过街道
叼走影子的空。枝头与果园的空

有时是这样——
一只蜘蛛停在杂草间，因为年老
而失去结网能力，它将自己
挂在空荡的草茎上，未留下一根蛛丝

2 小镇

是不是所有的小镇
通往医院的街道,都是阒静的

我走在上小学时走过的路上
银杏树叶落了满地
我却从未见过它的果实
挂在树上的样子
木门虚掩,雕花窗户已脱落
同样地,我也从未见过
它们一天中是如何投下阴影
夕阳里紧闭的门窗下
更不会有人大喊:"玛利亚,钥匙!"

我想着父亲年轻时也健步在这条路上
经过陈旧的照相馆、新华书店
日用百货店,米粉店的招牌常年沾满油渍
经过门前晒满药草的中药铺
在它隔壁,依然是棺材铺和寿衣店
再走过去,经过陶瓷店
才是镇医院

夜色中,它们顶着沉重的露水
站在街道两旁
——告诉时间这是最合理的安排

原载于《诗刊》(下半月刊)2021年第8期

1 | 来 回

她赤足走来，不在乎海棠花的多少心事
就像夏季的浅塘，软软绵绵，没那么简单交付泪水
一大团蓝云飞过她的头顶，又俯下亲吻
唯一确定的是，只有秋日的叶不受管束
当它嵌于泥潭中
也算是落了叶，接而归根

我跟她秘密会晤，算计海棠花的一团白
借一借干涸的浅塘，在里面梳妆打扮
或假扮一只溺水的海燕，在蓝云间扑腾求救
还有机会。最后一次约会
我们把犹稀烂的泥糊到枝干上
来年又会长出新叶
我这样想

2 傍晚,风信子及其他

故作矜持,一束盛满月亮的风信子静坐断桥窗前
恬适,沉静。女人的心思藏于此地。
雾气氤氲,有时连呼吸都变得纷纷扬扬
思及以上症状,风信子开始品尝苹果:
不要大的,会爱得太满
不要小的,不足以装下堆山积海的念想
不要红的,那样的爱太过赤裸与炙热
要一个大小适中的,正好捧在手心。要一个
青色的,爽脆、酸甜,还带点涩味
一定要在傍晚吃,因为那时的余晖还没落下
一切应该都还来得及,这束风信子将在昏黄归还月色

原载于《诗歌月刊》2021 年第 1 期

1

就像鱼离不开水

看见鱼在水里游,鸟在天空飞,车在街上跑
就会想到规则与秩序
想到人类。想到我们每个人
都不可能离开这个世界而孤立存在

看见废墟,就会想到拔地而起的高楼
看见高楼,就会想到废墟
过去与未来,辉煌与破败,不断在我脑际交织
历史的车轮就是这样滚滚向前的

无论什么时候,我都不敢幸灾乐祸
更不敢高兴得太早
当我麻木或自我感觉良好的时候
我会在无人处给自己一耳光
也会像神经病一样,一个人跑去淋雨
——阴冷的雨,冬雨
因为这样可以使我清醒

2 终不似少年游

这么多年过去了,我一直在为小时候
犯下的过失深感愧疚
每次回老家,我都怕见到他
但偏偏每次都碰上
而且每次他都会招呼我去他家坐
语气充满恭敬。看得出
他已经把我当作衣锦还乡的成功人士

往事如潮水。多年前那天,大人们都干活去了
我们三个小伙伴无法无天
因为对未知事物充满好奇
我们撬开另一个小伙伴爸爸的木箱
偷出一枚雷管,到寨子背后
点燃一堆干茅草,然后把雷管扔进去
随着一声巨响,他哭爹喊娘
就这样,他永远失去了左眼

我不仅怕见他,更不敢正视他的左眼
总感觉他那深不见底的左眼中
埋着一枚随时可能引爆的雷管
更令我惶恐不安的是,每次他一恭敬
就给人造成这样一种错觉——
好像当年犯下过失的不是我,而是他

原载于《星星·诗歌原创》2021 年第 6 期

1

一条河藏了一片星空

七月的末尾,河水被天上的鹊桥拖着行走
逐渐失色的彩虹
被迫靠近人间炙热的灯火
仿佛在言说——要有光,才有银河

我们带着老人和小孩,去河里摸螺
黑色的水面泛着光影,有生命在流动
逆行而走
天上也应有灵性的东西
比如会飞的鱼虾、发光的石螺

我抓起石子,对准水下的月亮投去
有些涟漪不喊自起
我看见那一轮空盘装满了寂静

手中的星星已与天上的影子重合
是不知名的生命被我捡起
像星辰潮汐升起又落下

我怀疑天空的星星也会被摸去
就像我们不经意间换算了水底的命运
可我摸走的石子与螺
在我离开河水的第二天,便被天上的飞鸟挂念
一秒、两秒……就算微不足道
后来我学会掩藏自己
将泥土敷在身上,扮演自己的银河

原载于《诗刊》(下半月刊)2021年7期

1 | 是好的

清晨送走了黑夜是好的
清晨又会过去也是好的
田间的菜蔬是好的
菜蔬之间的杂草也是好的
房舍是好的
房舍上一日三次升起的炊烟也是好的
树木是好的
树木在春天时是好的在秋天时也是好的
天地之间那具肉身是好的
那具肉身是一把尘土被你捧在手心是好的
眼睛是好的鼻子是好的嘴巴是好的
那颗心爱着我是好的

原载于《诗歌月刊》2021年第3期

1 不如

人生短促，不如多看看春天的蹼，
不如漫步在柳树的长堤上捕蚂蚱，
捧得久了，再把它们小心地放走。

不如去郊外，用一整天时间去看
河里的水草，让全部灵魂随它们
在水底摇摆，直到纯洁如初。

不如捻一枝枯萎花，不如捻一滴雨，
不如在闪电袭来的时候微笑，不如
把所有爱过的人想一遍，再想一遍。

不如锁好房门，漫无目的地去流浪，
去一个陌生地方，和那里的人交谈，
把一生所有的痛苦和快乐告诉他们，
然后，在皎洁的月色下彻底醉去。

不如，不如，抛开那些期待，人们
对你的，和你对自己的，然后走进深雪，
变成最晶莹的一粒，落在天鹅的颈部，
然后被它的体温融化，变成新一天的露珠。

不如，不如，在节日的篝火里变成
一粒尘埃，飞升，飞升，在宇宙内漫步，
没有牵挂和痛苦，直到回归最终的家园。

原载于《诗刊》（上半月刊）2021年第11期

1

藏羚羊

夜晚的卓乃湖
将苍凉挂在藏羚羊身上
让它们四散奔逃
将孤独感分散给荒野
抬头遥望夜空
不知是否会有一种声音
抵达荒野深处

面对离散的同伴
一只藏羚羊
兀立于大地之上
进与退，皆在荒野
这多像此刻的我
漂泊在人海，目光所及处
皆是流云

或许，唯有等待的灵魂
在红尘相互守望
才能点燃彼此的梦

原载于《诗刊》2021年第6期

1 另一个自己

我经常把自己当成
另外一个人
他并不完美,但是个子比我高
没有病,脾气更好,像等着
开花的白玉兰
我经常把他当成影子
他跟在我的身后,寸步不离。有时候
我想把一部分生命赠予他
让他深夜写诗
为我工作。做梦占用了太多时间
把梦送给他,让他
感受陌生,荒谬,疏离,模糊
我经常把自己当成
另一个人。他在我的体内
穴居,用我痛苦的灰烬取暖

原载于《星星·诗歌原创》2021 年第 6 期

正午的敲击声

1

敲击声自东面传来
敲击声从高处
沿着一条直线
抵达我的耳朵
敲击声从雾里传来
敲击声在雾里
拿着铁锤
敲击一块钢模
那里也正有一个人
与我一样的人
在正午时分劳作

巨大的阴影

2

飞鸟从窗口走过，
巨大的阴影
掠过我们吃饭的餐桌，
令我心头一惊，
随即我便意识到，
我们住在六楼，
窗口走过的
不可能是一个人。
我们住在六楼
巨大的阴影
只能来自一只飞鸟。

原载于《边疆文学》2021年第10期

少年

1

要在蒲叶上，誊我的诗
才能读懂叶尖的空旷
要守在我各个关节的骨缝里
提醒我，往更美好处生长
生命中要有几件不可复制的东西
像躺在河滩上，不可复制的光滑石头
我用鲜花描绘你夏日的面孔
描绘你身后万千河流的去向
我将善待自己的脾气，像善待
一条河流、淹没在江涛声中的船橹
一定要去有你的人间看一看
我爱着的山川、河流，雨雪晴日
我爱着的那个不改脾气的你

原载于《星星·诗歌原创》2021 年第 9 期

1

琵琶伎

欢乐被淤泥掩埋。
表情被秋风剥落。
你,抱着琵琶
拢,捻,抹,挑……
这些引领一个朝代的手影
最后是王衍弹指即破的梦。

螺髻,云肩,彩衣,罗裙
在永陵石棺之上
偶尔会跟着我的幻想纷飞
潜入浔阳江头那个傍晚,和白居易
细数,大珠小珠掉落玉盘的女子
易容,或转世投胎成不遮面的你。

至今看得见一只手按住了得意,
另一只手在泥水中忘形。

只是没有夕阳,替你完成黄昏。
后来点亮的灯,反而点亮了颓废。
扶柱,按弦,拨弹春宵的你还在
惆怅《霓裳羽衣曲》已失传千年。

如果时间是一把可以回卷的长尺
我想回卷到音乐自由的刻度
着唐装,吟唐诗,让你重返荣光。
如果非要大醉才能让体内的水倒流
我想灌醉天下人
让所有的水回响,让你海阔天空。

原载于《草堂》2021 年第 10 期

1

野马穆乌克

穆乌克在树林里走
在雨后的雾气里走
在云上走
穆乌克在厚厚的针叶上走
它听不见自己的蹄声
像一千匹骏马奔跑的响动

穆乌克在树林里走
走出树林就是草原
它找不到路
穆乌克跑进夜里
天空后退,黑蓝的海迎面而来

野马穆乌克是草原上最小的星座
同其他星座一样
在夜里回故乡
穆乌克就是自己的路

原载于微信公众号"诗刊社"2021年1月

两种关系

1

这么多年我都在试图理解我。
我的工作、爱情、朋友
以及与我相关的事物。
越写越模糊。好像我是
游动的某物。认知总在
房子里面。

我住的房子比我大。
思考或不思考,它
却呈现不一样的疏密度。

睡梦里,很多次
我被房子带到了其他地方
在那里,有很多的房子。
大的小的红的绿的破旧的豪华的
我们是被房子禁止入内的主人。

半夜醒来,房子还在那里
容纳着我的缺席。窗户还在那里
火棘果还在那里。隔壁的房子
有人不断捶打墙壁,听觉惊醒了我。

2 鱼刺一样的白发

日常的傍晚,她抱着西瓜
从外面进来。坐在我身旁
白炽灯照着她
记忆中的白被唤醒。

乐宝吃着西瓜
她看着他。我看着她。
三根白发像针尖儿
扎在视野里。

她说,快拔掉它们。
我说好。
每一根白发里都有一个战栗的影子:
孱弱的。虚幻的。狂躁的。

你再也找不到更多的形容词。
它们都是我
这些年在她生命里
遗留下来的鱼刺。

原载于微信公众号"置身某处"2021年10月

1

礼 物

在酒吧里坐了一会儿
换了三个年轻歌手
他们都是男孩,歌声撞在窗户上
好像一些词语
刚刚从字典里走出来
好像一首诗
诞生之前,从手指到笔记本的路上
——年纪很轻,或者更轻
成了一片光
一切都很鲜美
像刚从船上拿出
好像是我才刚创造完这个世界
这可真不赖,可我得走了

2

欢迎礼

在有人已过世的冬天清晨
所有树都垂下脑袋,雪花把它们染成
白色
不远处的树下,她缩成了小小一坨
轻轻一吹,细雪从她的眉毛
绕过小株松柏
落在泥土地面上。轻轻
躺在不远处的外公起身
迎接这小小的儿媳
星星挂在枝头。世界那端
正在举行一场盛大的欢迎礼

原载于《诗歌月刊》2021 年第 3 期

1 风数落一地桂花

在秋天，风数落一地桂花
它只是安静地数
我站在树下，看见
万物都在以不同的方式数着自己
老树数着年轮，稻子数着蛙声
母亲数着针脚，村庄数着星星
群山数着落晖，河流数着流水，
……而我，数着过往
被数落的时光，香气扑面而来
那昨日逝去的青春
是被风数落的一地桂花
今朝我以同样的方式再一次葬花

原载于《延河》（下半月刊）2021年第4期

1

庄周梦蝶

庄周让蝴蝶飞；蝴蝶立刻领会了飞翔。
无论如何飞，它都是恰当的——
蝴蝶飞翔，它先后憩在树木、石头和花朵上。
蝴蝶独立自在，它与树木、石头和花朵无关，
就像庄周独立自在，他与世界无关。
蝴蝶甚至与庄周无关。
蝴蝶不晓得自然律和经验。
蝴蝶绝不顺从或服膺任何一种观念。
蝴蝶不知春秋，蝴蝶有强烈的责任感。
蝴蝶只有一颗平静的心，它浑然不觉地飞翔。
庄周始终醒着，他依次看见树木、石头和花朵。
蝴蝶始终在飞，热烈而勤勉。
这可能吗？庄周先是看见蝴蝶的落处，继而看见蝴蝶在飞翔，
最后，他看见蝴蝶的来处——这一切与蝴蝶无关。

原载于《星星·诗歌原创》2021年第9期

1

我的悲伤来自一个春日

这是化疗后的第53天
我对着长焦镜,献出了岌岌可危的自尊
春风依旧绿了河岸
许多花正赶在开放的途中
镜头之外的远方,我爱过的男人
确认了我的美

阳光安抚周围正在蓄发的草
阳光慈善,也照应我光秃的前额

我眯起眼睛
我有更远的远方,需要看见

原载于《诗歌月刊》2021年第2期

穆佐回忆

1

给它盛大的节日，又给它坚硬的葬礼。
这样，一朵花就能盛开两次，
而完整。
"白杨树如巨大的惊叹号"，倒在你脚下。
而它逃向高处，如一口深井突出地面，
将深藏之物暴露给惊异之眼。

四方的老城墙，封闭进回忆和星辰，
如今就要满溢。
随着最后的风暴突如其来，它在狂喜中
震颤，爆裂，颓然倒地。
墙角的玫瑰两手是血。

有一次，我来到一个小山村，
孤独的圆心使四围的山峦升起，壁立，
又命令群峰周回旋转。
午夜，当星光循山棱奔聚而至，
"一只鸣响的杯子"，山村如玻璃爆裂，溃散，
遁入永恒之梦境，
——世界在圆心等待鸟鸣。

原载于微信公众号"长淮诗典"2021年2月

1

在湖区

她们从湖里采摘来莲蓬
铝桶中插花般,在公路旁兜售
有着同样苦涩的内心
她们是妻子是母亲是姥姥,也曾是女儿
她们置身儒学里
洞庭湖像一口巨大的碗,陈列
庞杂的物种
温情脉脉,纠葛连连

而她们
终其一生在湖边的碗沿,喝
苦涩的中药

2

圣拉查尔车站

火车抵达圣拉查尔车站
蒸汽机浓重的鼻吸漫过棚顶
油漆工克劳德·莫奈,眼睛里色彩失真
颜料凝固时,光芒的洪水
涌向
工业文明的初潮
马车铃铛响起
巴黎敲响金属琴键,流沙的人群
陷入画中
色彩开始漫向城内的建筑
灰色列车,蓝色天空和
苏醒的人群。世界刚刚被
牛顿安进齿轮里

原载于微信公众号"异己者"2021年11月

1 孩子

不能说你的父亲得到了你,
甚至不是你的母亲;
不是这样。真正的事实是:
你来了,你拥有了他们,
以及他们的环境,他们的呼吸,
他们不会轻易托出的隐秘
和复杂的情感,包括
由此而延展的一个狭窄
但又无比宽阔的世界。
总有一天你会知道,
一个家不是上锁的墙,
不是敞开后看得见的装饰。
它更像河流上的漂浮。
要构造它,不单单依靠
砖和土,家具和植物。
你看一个家总会留出一些窗子,
是因人们更需要一种吸引,
一些创造,一点光。
而你真正的含义大概是:
你是那束光,
你带来日日夜夜,然后你创造父母,
他们因你而成家的内容。

原载于《长江丛刊》2020年第12期

水痕线

1

洪水退去,在防洪堤
和民房的高高墙壁上,
留下一条清晰的黄色水痕线,
还来不及清洗。

那是一根梁绳在脖子上
紧紧勒出的痕迹。
神明打在人身上的
深刻的印记。

2 屈原的尺度

万物该有自身的样子。
小人有小人的美色,
野兽有野兽的道德。

你有规矩,测量过
大厦的廊柱、椽子、榫卯,
以及官服的肩宽。

你有尺度,测量过
进谏者与进谗者的舌头,
刀与脖子的长短。

经那刻度量过之后,
眉是眉,媚是媚;
他们是他们,你是你。

经那刻度量过之后,
事物都有了曲与直。
而你头顶的荆冠,挂满了星宿。

原载于《诗歌月刊》2021 年第 1 期

1

蓝　桉

那棵蓝桉在此地已久，七十年了吧
它成了一位老者，皮肤很干燥
刚刚下了一场大雨，它跑着回到家
衣服掉在雨中，裸露的皮肤加速它的暮年
很多次我从酒店出来都要绕道去摸摸它
它的里面肯定装着我们消失的朋友
树干上有好几个人的名字：小东
你在那边还好吗？斌，我们要
在一起。哥哥，你的妻子已经从轮椅上站起来了！
我要去北京了，你在这里好好待着
红色布条，绿色布条
它们飘着想去更高远的天空
这是在云贵高原某个湖边的一棵巨大的桉树
在我二十七岁的早秋，它对我落叶，对我吹风
我就不在上面刻你的名字了，事情我已经全部知道
我这回去就转达你的父亲，说你住在一棵巨大的树中
已经成了精灵

2 语文课堂

最后排窗边的女生坐在轮椅上
她没有腿和手指，烧伤的脸戴着高度近视眼镜
两只手臂夹着笔分析诗人的命运
流落异乡，边塞，黄昏的沙尘
饮酒，情景交融，他的一生颠沛流离
她很吃力但速度并没有慢下来
我走到她身边打开窗，用脸触摸
早秋的风，桉树使我有了深入林中的欲望
但她是去不了的
那些桉树长在大坡度的山上，石头
荆棘林，二十年代的标语
完美的月亮，她看见后会自卑吗？
每天晚上都会有一个中年女人来把她推走
那是她的母亲，为了照顾她
她成为学校食堂的一名洗碗工
那时整个校园会为她们安静下来
她们会出校门，左转，避让车辆
（她是学校唯一一个被允许走读的人）
她们回到深夜的出租屋，中年女人抱她去厕所
给她擦拭身体，抱她上床
她会梦见从春天的轮椅上站起来
她会飞

原载于《星星·诗歌原创》2021年第1期

1 我看着我

在流水中,我获得的,
正好弥补了我的失去。
在夜晚的玻璃上,
我是黑暗隐藏的一部分,
也是光线照出的一部分。
在饭桌上,母亲只知道我的胃口,
爱已是一种习惯,足够维系我们。
在人群中,他们说起我,
我加入他们,像在谈论一个无关的人。
有一天晚上去巡司河,
一株白杨和一棵银杏在谈论真正的我。
河边无人,我试着写一首诗,
文字还能证明我的真诚,
而星空知道真诚是出于无力。
漫天的星星啊,我每次只能看到一颗,
剩下的星星,还在对我放着光明。

自画像

房屋不是你自己建造的，
要住很久，你才不会走错楼层。
食物不是你自己种的，
你每天做固定的菜式，
通过切菜、炒菜、咀嚼和消化了解它们。
每天走的路不是你自己修的，
下班时你爱步行，
仿佛走得多了，
脚步就能铺出回家的路。
苍老和臃肿不是你自己选择的，
头发渐少，剩下的又在变白，
时日不多，你并不知道人生的天平
垂向过去还是将来。
你失去的沙粒曾被你紧紧握在手中；
你期待的夜露正在成形，将悬挂在明日的草尖。

原载于《诗潮》2021年第10期

1 一只鸟从来都是专注的

夜晚的体温用诧异来表述
让你器官湿润的景象过于庞大
思想不过是一种假象

在你我之间
一只鸟从来都是专注的
另一只也是

我们彼此怀疑,在风中摇摆不定。
请留心此时的猎户座
卧室的碧绿在凌晨四点多的太原苏醒

卫矛在丰盛的雨水中恣意,
像祭祀一样。
为了抵达一块石头
你我不停在犯错

可是又能怎样?
在无数个被侵入的夜
找不到一个合适的罐子盛放

原载于《草原》2021年第5期

1

众生喧嚣的时代

众生喧嚣的时代
一堆名字代替一堆人站在那里
或这里,细看去许多名字上
都有着流水、菩提和金色的身影
但还有一些名字,白骨般
四仰八叉地躺在那里
仿佛名字就是他的棺材
每出现一次,就要疼死一次
就要让所有的看客
陪着他一起,冷漠又深情地死去一次
其实,每一个名字
都是一个人的墓志铭
不过是有些人在借此生生不息地生
有些人在借此源源不断地死

2 允许

我允许你靠近那些用骨头行走的人
允许你向月亮退回自己
出自星空的尊严
允许你做一个被万物喜爱的小丑
允许你一次性吃完一生的粮食
我更允许你有大海的自由
在心里藏下众多河流带来的秘密
允许你，在绝望中
像我一样，爱上尘世所有渐渐收缩的背影

原载于《绿风》诗刊2021年第6期

1

方　言

灌满泥土的四肢
是方言一天天抚平发炎的丘陵和盆地
无处释放的张力，凝聚成夸张的喉结
蹿动在异乡的人群
我生来驼背，唯有方言挺得笔直
像一根旗杆高举着以"东河西营"命名的大旗
我就这样奔波在陌生、质疑和嘲讽里
用方言购物，用方言打车，用方言找工作
用方言交流；用方言跟一个
说着相同方言的姑娘谈恋爱
用方言买房子，用方言结婚
生下一对说方言的土儿女……
当我老去，我希望亲人用方言为我送行
把我的小名刻上墓碑
让风来读却总也读不懂
然后，被一口方言狠狠地拽出骨头
斜插在生养我的土地

原载于《诗潮》2021年第7期

听乌鸦啼叫

1

我们不清楚乌鸦内心的凄凉
如何用微弱的声音
表达出来

一只乌鸦，午后
在晴朗的山间空鸣
它为什么要唤起我内心的悲伤？

2

云朵，兼致友人

白天在天空游走了一天
到了晚上，就躺在夜幕中
唯一让我感到柔软的
是这无边的黑

一生被两种状态控制
白昼交替，任何时候
都有生命诞生
死亡，随着爆炸声
在一片火光中谢幕

在夜里
我害怕灯亮起
蚊子飞走
一阵惊慌失措后
它们，何以为家

原载于《西部》2021年第2期

1 听我说

我们不等雪了,姐姐。听我说
其实暴雨来时也可爱
世界因此而变得危险,你跨过门槛
成为春日唯一一朵被蜜蜂
吸食花蜜的刺槐。浓烈胜过所有的雪

握住你的手。屋顶的瓦片摇摇欲坠
你寄来风筝、种子,与白色的烟花棒
我在秦岭以北许愿你日日晴朗
想到有一日我们在月下进行着猜谜游戏
冰凉的石凳上摆着盛满槐花的小碗

今天才想告诉你,姐姐
那是你身体结出的花

2

阿婆，或我们的下午

阿婆拿来苹果。我想起她手挽藤篮的样子
在闹哄哄的集市回头张望
小院里兔子在吃草，绿色翅膀的昆虫
飞呀飞，最终停留在一朵廉价的塑料花上
太阳将我们小小的小欢愉无限放大
阿婆洗过的衣服被风吹出酣甜的味道

亮如水晶。她撩起衣角擦脸时
把黯掉的云朵又掀远了一点，这时风
吹响我们的水晶门帘
阿婆认真地擦拭着老旧的衣柜，拿出她
伴着煤油灯与缝纫机赶制而出的外套
起风了。就要离开这温软的下午

她攥着我的手腕，紧紧的。车子慢慢往前开
她乞求似的递来点心与成袋蔬果
昏鸦飞绕的夕阳一点点吞噬掉我们的下午
岁月的浪盖过岁月的沙，如此清澈

原载于《星星·诗歌原创》2021年第7期

1

爬山记

小路把一座山领向高处
又从云端把爬山的人引回家

经过的松林都忘了
只记得松针森森
尖锐地指向苍穹
见过的牛羊都散了
只有那只羔羊还在凝视着
就像曾经的我,凝视着闯入的异乡人

真是羡慕山里的阳光
有一对明暗相间的翅膀
光芒在高处飞,阴影在低处舞

一想到剩下的皆为归途
脚下的路,就暗了下来
仿佛心里的阳光
收拢了翅膀

2 春深处

草莓红了,诱人的樱桃缀满枝头
甜里带着酸
仿佛初恋的味道

青梅稚嫩,还无法煮酒
只顾埋首于光影交错的田野

蔷薇爬上墙头开花
凭空开辟出一条带有香气的路

在嫩绿对翠绿的模仿中
春天已经很深了
雏鸟的尖叫,是另一种模仿
我知道,那是在丛林微微颤抖处
又一个春天
振翅欲飞

原载于《诗刊》(下半月刊)2021年第5期

1

那群麻雀

那群乘人不备，时常出没在
小区草坪上的麻雀
还是不是多年前
我在乡下天天见着的那群
那群屡次被我们掏了窝
成天被我们用鬼脸
和怪声恫吓，用弹弓追打的麻雀
这么多年过去了，它们灰不溜秋的
模样是一样的
谨小慎微的叫声是一样的
永远显得无辜的眼神是一样的
我一走近
它们就如临大敌
惶然失措，四散逃离的动作也是一样的

2 一枚秋果

和众多的兄弟姐妹相比
它是最幸运的一个
同时又是最孤单、最可怜的一个
小小的、瘦瘦的
身世背后
一定藏着莫大的委屈和忧伤
它胆怯地躲闪在枯黄的
枝叶中间，就像一个营养不良的孩子
在眼巴巴地等着明天的太阳
这枚摇摇晃晃，却又迟迟不肯
掉落的果子，多像这些年一直藏在
我心里的那个小秘密
让我在这个突然起风的傍晚
久久放心不下

原载于《中华文学》2021年第12期

1　沙　盘

我眼前的沙盘模型
按一定比例绘制而成
这个比例
刚好是我能自如收放的爱的大小
每一个乡镇，每一个村庄，每一道溪流
甚至是田野里父母刚种下的禾苗
都清晰可见
甚至是我偷偷在后门山藏着的糖果
糖果底下埋着的亲人
也清晰可见
那些曾经忌讳的，再见不着的，万分思念的
此刻，都一一摆在我的眼前
设计师悄声提醒我说，你也可以
把这些沙子推平重来

原载于微信公众号"华文青年诗人奖"2021年7月

1 时间树的齿轮

父亲把钝了的镰刀再次磨了一遍,一年来
极少上山的原因在于他早已把松树栽下。
一棵又一棵,它们坐落在我们途经的半山腰,
一棵又一棵幼苗已长成参天大树。

此刻山间父亲忙碌的身影在树的脚下游弋,
他继续用镰刀扒开杂乱的荆棘,继续把杂草
割掉。摸一摸一树又一树的枝叶,
抱一抱它身旁正茁壮生长的树苗。

父亲的手早已长出生活的茧,
长出我们尚未懂得的莽莽山林。
他还要继续长,长出我们未知的天空,
长出一双赤子般对大地眷恋的眼睛。

2 我们在布洛亚相爱一生

在布洛亚爱一个人,爱上她的绿衣,
爱上她清新的脸庞,爱上她干净的血液。
河流在她的经脉中流淌,
一场雨滋润她干涸的心田,
太阳给她沉闷的空气带去光和热,
焕发她一天的精气神。

我爱她如同她爱我。她爱我越过的山丘,
爱我凿开的一口井,爱我浇了一早的花草。
农忙时走过的每一处林径,都会有
我们相伴的足印。从童年、中年,再到晚年,
我们没有太多的话语,仿佛精神的交流,
更值得去惺惺相惜,彼此回味。

我们远离城市的喧嚣,远离人群的狂欢,
在宁静山村虚度每一天。日出或日落在我们
　　看来
都是世间最美的风景——
我们在布洛亚相爱了一生,
我们的爱是那么的沉,又那么的轻。

原载于微信公众号"卓尔书店"2021年10月

1

一条向低处延伸，
然后消隐的路

我确信，这是一条向低处延伸
然后消隐的路
它曾用整个躯体
托举过我可以称量的肉身
和无边之水带来的短暂的悲愁

它沉默寡言
从不因为时好时坏的心情
或轻快或沉重的脚步
而拒绝将我这块滚石
一点一点，从河谷向山顶推动

很多时候，我就喜欢驻留在山腰
默默注视它
像窥视一个人一生
被弯曲过的灵魂，跌宕的命运

原载于《岁月》2021年第7期（总403期）

[X–N]

1

回苍南

海岸线回环，勾连城镇
一座座礁石出现，最后形成群岛
说回苍南，仅仅是因为在那里
停留过一段时日，出租屋狭小
上一个冬天，透进漏网的风
那些往返工作的时日，一次次见到
大厦滚动节日的彩幕，升降机上的工人
无视神定下的休息日，像父辈们
这种强烈的反差使置身其中的人
成为一个诗人，并羞于启齿
那些无来由的卑微，带来的
令人坐车时梦中惊醒的沉痛

2 烘焙术

你放好一架电子天平
在漏斗中，倒入面粉，计数清零
再倒入精确的动物油
我们举着冲枪，搅拌牛奶
或者新鲜的蛋液

不锈钢盆摇晃，因我们抵达
边界，发出金属的鸣叫，像被折弯
一半的竹子，将声响传出裂缝
然后获得喘息，听凭烤箱或生活
对我们进行精心烹制

后来出现了作品的粗胚
任由我们涂抹奶油和果酱

我们将它切割分层,像处理一首
冗长的诗。精细地打磨需要刀刃——
那本属于破坏的定义,此刻刀面
紧贴着蛋糕侧壁,被我们旋转抛光

只需要一点色彩的点缀
写下恰当的贺词,像店员
教导我们那样。当我们端详
最后成品,整个下午系着围裙
不停晃荡,为了此刻,听它说
结束了,请品尝我,甜美的空洞

原载于《文学港》2021年第4期

1 草　帽

我们把那顶草帽
也扔到了火中
不久前，它还挂在墙上
沾有泥土（那可能
和一次意外跌落有关）
隐隐可以闻到汗味，那是
长年累月劳作的证明
现在它已经燃烧
帽子下的眼睛嘴巴鼻子
其实，早在它燃烧之前
就已经被另一场火占有
我们听到帽子燃烧的哔剥声
就像他临终的喘息
我们朝烧成灰的草帽
挥手告别
灰烬还保留着完好的形象
我们喊爷爷，那是
看不见的爷爷最后的温度

原载于微信公众号"赤子诗人奖"2021年11月

1 信物

两个人如果相爱
需要一些事物作为见证

譬如：珍珠耳环、银手镯
钻石项链，或别的什么

它务必要坚硬一点
能够持续发着光

生活，是一个圈套
接着一个圈套

但，如果加上一些光芒
一切看上去就都不一样了

2 一个人的身上有另一个人的影子

请善待那女孩
允许她像男孩那样笑而不被责备
允许她穿上好看的小裙子
露出干净的额头
美并不羞耻
允许她迈开双腿到处走走看看
而不是被禁锢在某地
不能动弹

我见过那可怜人
闻到过她们身上散发出的
逼仄和屈辱的气息
即使她们已离开
那气息却仍在繁衍
在另一时空和地点
在另一副年轻的面孔上
一个人的身上常常有另一个人的影子

原载于微信公众号"草色袭人"2021年8月

1 入梦宛如一次远行

每次从梦里醒来,都是从另一个时空中
回到了现实。有时我走得太远太急
归来时满身疲倦。有时我历经刺激的冒险
获得了意外的愉悦。有时我遭遇悲惨的变故
我哭疼了全世界的伤心……
当记忆在时间的弯曲中变得恍惚
我会忘记梦境。当记忆沿着时间的顺时针向前
我会想起梦境,仿佛人生只在眨眼的瞬息
如果我梦见了往事,那是我穿越时间
回到了过去。如果我梦见了陌生的场景
那是我在探寻时间无尽的边界
哦,生命是一场悲欢离合的苦役
命运从不怜悯这人生马不停蹄的艰辛
每次我从梦里醒来,都是从另一个时空中
回到了现实。山河有序,群星运行
我带着白发与皱纹,岁月带着沉默与生死

2

我的心是下坠的尘埃

我把写诗当作攀登珠峰
那里白雪皑皑、冰川晶莹
仿佛是灵魂的白银

有一年夏天我走过青藏高原的腹地
大地静谧,宛若世界无声的梦境
头顶的碧空蓝得只剩咫尺的距离
我把它当作神的栖居地

很多次我在万米高空的飞机上俯瞰地球
但见地表凹凸,宛如世人的痛苦
在尘世间奔波的人群,就像蚂蚁渡河
借着一片片树叶——

我的心,是一粒下坠的尘埃
顺着年龄平行于岁月
而时间有无限之远,命运有鸿羽之轻
生命最大的重力,来自沉入大地

原载于《诗刊》(上半月刊)2021 年第 5 期

1

细小的光

我多么想亲吻,那些细小的光
如同写诗的时候
偶遇一个被宠坏的词,得到了
更多的暖

远处,梦中的教堂
徐徐升起

而我,已经复习了你无尽的眼神

原载于《星星·诗歌原创》2021年第2期

和爷爷喝酒

2

就在午后,只有我们俩
我打开一瓶酒,拿来两个杯子
这是对话的前奏

四岁时,爷爷就教我喝酒了
这会儿,还喝得过我吗?
爷爷微笑

这一喝,我就喝了二十六年
酒龄,算不算长
爷爷微笑

杯中映出二十六年前
老屋天井边,爷爷教我喝酒
我拿起军绿色的酒壶
喝了一大口
身子在颤抖中
变暖

今天和爷爷喝酒,我独自
一饮而尽,没敢抬头望墙上的脸
已经微笑了二十六年

原载于《红豆》2021年第3期

1

我看马儿低头饮雪

你温润的眼睛看向我时,带来一些
必需的事物。雪落在你蹄上时也是

那一年我是这些雾凇的访客,猎人
饲养雪兔、狍子,用酒壶克制寒冷

混沌的密林里,房子沉陷,你抖落
马蹄上堆积的雪,晃尾巴消磨时间

你听见落荒的吉普车轰响,雪地上
缠绕的纹路不能自洽,便自我掩埋

我无法赞颂这种洁净,就像是守在
边界,你低头饮雪,温柔而无休止

2 圆相

薛瑞作品

地铁里的许多张脸,都在找寻出口
你以为可以用速度交换时间
列车冲进站台,你冲向 A 或 E 的标牌
从雨林到雨林,从沙漠到沙漠
然后在阿尔吉侬迷宫的尽头
你发现阳光移挪之间有奇妙的弧度
那一秒钟,回到童年的黄昏
在一栋废弃的楼里爬阶梯,但它
"在穹窿迷蒙的顶端转了两三圈之后
突然中断"①,像极了在巨人的眼睛里行走
水漫了上来,得在日落之前赶往码头
就走寺贝通津。这里猫不抓老鼠
它越过毗邻的窗台去打捞湿的云
漫游者曾创造无数的圆。在式微的
太阳和城市里,看护自己的影子
一群人跑到山顶,遭遇两种困惑
光明在牧羊人的洞穴
你想说,什么时候人变成了
空空的容器。风演奏身体
就像骡子顺时针拉磨

原载于《星星·诗歌原创》2021 年第 9 期

---

① 引自博尔赫斯的短篇小说《永生》。

1 面具

我没有想过,要注释很多词语
时光就是这样的状态
凝视久一点,却已经更深露重

我可以带你取回一撮兽毛吧
在我可以不用嘴呼吸的时候,我把这故事
说得像马,像玻璃后面幽深的月

一个人的面具开口了,鹤,还是纸
此时,我嗅着的发丝
从空气潜逃的蝴蝶体内,挽来两手清风

2

旧　时

门槛上的星，风
卧在静止不动的手上
你眯眼见过的狐，昨日，就编织过我们的幻觉

它们有刚刚诞生的脸
安详的轮廓线
处在没有语言之前

还要去简陋的镇子走走，想到鱼只住在井里
白昼几乎是不情愿落下
慢慢在青石板以外的阔野

有时，我们绕过的鱼摊
卖鱼的老人依然会对每个路过的人谦卑微笑
一种旧时的感觉
马车在混着冰的石头路上哐当作响
而我身边，是尚未被玷污的钟形花

原载于《诗歌月刊》2021年第10期

在生活的河流边

1

四月南方雨后的黄昏,
我们驱车穿过邻人生活的密林,
沿河水流出的方向靠近一片
依赖手拉绳索抵达的河洲。

那时傍晚阴云低浮在半空,
七点钟夜幕渐渐将黛青色河流吞噬,
只留下大树本身如阴影嵌入寂静的
乡村天空:能否将谦卑的人唤醒?

我们拥有宁静、鸟的语言、倾诉时光,
对面孤灯一盏,潮湿的枯草层层叠叠,
将人生之两三种轻掩在地下缓慢燃烧,
言说无法验证的命运水滴随河流向西
越行越远……是谁拣出希望、有洁癖的灵魂?
在姐姐们生活的庭院中抚育各自的独生子。

原载于《诗林》2021年第4期

1 阴天的圆满

云像鸟布满铅色羽毛的翅膀
骑单车时
我感到自己飞了起来
少年时代我曾乐于
从不同弯路去学校
"在路上"这一命题中潜藏着美，抑或
我迷恋所有幽僻且无所求的快乐

悲伤也只应交由自己来保护
如果灯盏都亮着
天暗了下来
我看到马路
水泥裂缝间孤单的陶瓷娃娃
和她身下深深的别离的小径
黄昏时分孩子们俏皮的口哨
在我耳中
充满物哀
生命群体在喧响中
认领各自宇宙核心的寂静

我不舍得拿我的任何一种去交换

原载于《红岩》2021年第2期

1

消失的水域

高速公路上，唯一让人分心的
是低洼处折射出来，与树影连接
幽深难测的水塘。隔一段便看见它们
临近了又倏忽消失，阳光下
有着令人心口一紧的迷惑凉意
我从未跟人描述过它们，或许
在生而无涯的旅程里，只有我
能看见它们。不同于故乡池塘的宁静
我总疑心我会在陌生城市坠落
随着水塘消失，成为众人眼中
一晃而过的光线，在那之后
道路依旧是平坦的。我总疑心
年少时抛出的，经历过鱼群和芦苇
如今依然一无所获的
那根钓竿，仅仅是另一道
消失的预言

原载于《诗刊》（下半月刊）2021年第4期

1

三十六古街

我藏在红蜡烛里的忧惧,
被河内的冬阳,不动声色地擦去大半。
寰宇,在蓝棉布的拂拭下更新。
熟悉的恍惚感,照应了某年夏天,
槐树叶随风送来的畅想。

油盐、斗笠、针线盒……
每一样物品,各自获得一条街。
它们比我满足,清楚自己的诞生和去路。
若不是因为神秘的星云、不止的搅动,
我倒也可以把任意一处市井都认作故土。

我要在街边小店喝摩氏咖啡,旋即骑马去海防。
我会穿上轻盈的奥黛,
把没说出的话,旖旎在三十六古街
长长的光影下。

原载于《诗刊》2021 年第 12 期

1 探望患者

是明显的疾病，将他拖在了悢悢的白床上。
我们朝这所叫医院的容器投去一瞥，
它贪婪地装满了个人的疼痛、不幸。
目光总绕不开那些幽暗的植物，
高高堆垒的石块，不舍昼夜升降的电梯，
搀扶者以及被搀扶者，看护者以及被看护者。
唯有充塞四下的血腥味、消毒液、分离又聚合的
器官，难掩光芒的手术刀，像白床单一样白的
褂子、圆帽、玻璃镜片、胶皮手套，还有嗞嗞吐信的电流。
还有并不是由于疲劳而倒头便睡的家属，
还有饭盒、保温杯、暖瓶、水果篮、鲜花，
还有影像胶片、处方、病历、中西药械、麻醉术，
还有来自幼年的霜迹，生锈了的咳嗽，
还有手与手握紧、目光与目光熔融的探问，
还有带着亲人嘱托从远处赶来的服侍或照料，
还有对下一轮白日升起的明天痊愈的期待。
我们敬畏于这种叫医院的严酷执法，像鸟雀远远飞离不忍回顾。

原载于微信公众号"褶子FOLD '80后诗展'"2021年9月

进入一片无人的空地

1

五病区与四病区。两扇闭紧的大门之间
隔着一块不大不小的空地
白炽灯昼夜亮着,像怀有强烈的医者仁心
给进入或走出胸外科和神经内科的人
保留了一片心跳提速、减速以前的,绿化带

打电话的人走到这里,音调稍微提高了
向触摸不到表情的另一端
抑制着琐碎的,陪护的悲欣交集

叫外卖的人走到这里,蹲伏在角落
不一会儿,就把心绪像快餐盒
打包收拾干净,扔进垃圾桶

某一天,两个年轻的妈妈在这里
偶然相遇。她们抱着各自的小孩、各自的伤口
踱步,终于慢慢靠近
从南北差异的方言,眼底共同的凛冽说起
如两头互蹭毛皮的母兽,在无人的林间
一片赤裸的空地,通过泪水的柔软、滚烫和撕裂
一点一滴,彼此交换了信任、爱与恐惧

2 我什么也无法成为

成为一个母亲。空有无力的怀抱
和星空下取之不尽的泪水
并不是最好的选择,我甚至连健康的身体
都无法亲自给予

成为一个背对人群,把伤痛
揉成文字的人
也不是很好,除了表白爱意和陈述事实
在目光像月光探过来时
一样感觉有愧

成为一名为爱潦倒的科学家吧
因这一生可能的发现,感到瞬间幸福

成为某一领域的权威,最好
和医药相关,让某些顽固的疾病苦痛
像簇拥的鲜花、掌声那样来去匆匆
那样微不足道

到最后。在黑夜窄小的病床上
你刚好翻了个身
小鸟般的脑袋往我怀里钻,低下头
解开始终散发体温的衣襟
我什么也无法成为,我只能是你的母亲

原载于《星星·诗歌原创》2021 年第 1 期

1

院子里的雪悄悄来过了

我听得出,这是陌生人的脚步
踩着落叶上的雪过来的

零零散散的声音,随着光线
起伏。他们一定看到了月琴湖的小船

孤独溢满了船舱。我等的人
肯定从船上下来,拍了拍船舷的雪花

像受惊的麋鹿一样,雪花纷飞
她一定悄悄地来过我的院子,看过我忧伤的这段日子

原载于《诗潮》2021年第5期

1 立冬

清晨,一阵寒冷掀开他的被子,
他在惺忪的睡眼中醒来。
第一次,他感觉自己醒得如此彻底,
仿佛大半年都是在迷糊中度过,
甚至是这大半生。站在窗前,
他看到冬风肆意掀起纸屑和树叶,和
行人的衣角,万物都在露出本相。
第一次,他感觉如此敞开。
他把自己像书签一样,从时间之书中
　抽出,成为独立的一页,
以记载一个节令压在他身上的意志。

原载于《诗林》2021年第2期

1

父与子

在高铁站,火车徐徐开来
父亲对身边的儿子说
这么大的火车,值五万块吧
儿子知道他在说笑
没搭腔。旁边的小姑娘
看了他们一眼,抿着嘴
脸上的酒窝像两粒鲜红的樱桃
他们爬上火车,找到自己的座位
父亲又开玩笑:你以后出息了
就买一列火车,咱们开着它
到北京赶场去。儿子仍然没说话
他把背上的背包放进行李架
前排的小姑娘转过头来
看他,脸上的酒窝
像两颗闪烁的星星
他坐下,碰了碰父亲的手肘说
那个卡户名额咱们退了吧

把它让给更需要的人
父亲点点头，想再开一个玩笑
但终于还是沉默了下来
他坚持送儿子去上大学，是想顺便
在大城市的医院里，查一查
他痛得如一列火车
穿肠而过的身体

原载于《星星·诗歌原创》2021年第7期

1 鱼咬钩

水的边缘,一片往日的足迹。
那座属于二十世纪的墓碑,没能随村庄
一同迁移。在水库,人们并排坐着,
钓竿齐齐对外,垂钓,来自水中的族群。
它们欢呼、沉默,用自己的方式悲伤,
我们不知道。我们静坐,偶尔交谈几句,
关于诱饵、渔获,关于河流的位置。
来倾听吧,这是沉默的声音,而大多数
都折射于生活。起钩了,鱼在跳跃,
用残存的自由,跳跃。阳光在它的身上
碎裂成五彩斑斓的鳞状的光。
波纹淡了,有人把钩子抛了出去,远远的。
我盯着浮漂,重新定义了下沉。

原载于《星星·诗歌原创》2021年第4期

1 大柳的夜晚

星星占天为王
月亮交出银子,赤贫而高贵
鸟用高山密林制造暗语
虫子们选低处蛰伏
溪水边打水漂的女子或许是我
瓦片沉下去的时候
月光被水面涟漪割破
夜色流得到处都是

原载于《诗探索》2021年第3辑

1

影 子

灵魂是个半透明物体
世界稍稍明亮
他就会从自己的建筑物里跨出
他已经被储存很久
有时候我敞开思想,试图让他离开
我幻想他已走向远方
远方有我心之所依,比如拉萨、青藏高原、
　黄河、长江……
这些都是我经过之地,却不是归宿
他跟随着我,始终在岭南
身体被我遮住光线
我回头看时
他画我的形状慵懒地贴着地面

2

声　音

春天醒来，另一种声音穿过院子
不是滴答的声音
旧年的雨水都还没有回家
桃花开时，它们已成群结队逃走了
桃树上还停留着两只灰翅鸟
它们在模仿，各种声音
它们注视着每一个
大大小小，走动着的人形
而这些，都是脆弱无助的肉体
当它们飞向远方
所有的声音
在瞬间，变得如此渺茫

原载于《鸭绿江》2021 年第 8 期

从未命名

1

我们把带给你的食物,叫祭品
我们把围住你的土堆,叫坟头
我们把刻有你名字的石头,叫墓碑
你死后。我们重新命名了这一切
像你生前一样。仿佛你在地下还活着
可是,坟头挤出来的那些花儿啊
我们从未敢命名为花圈。因为
那些绽放的小花里,有一朵定是你
我们不能让一个生命
经历两次死亡的痛苦

瓷碗 2

几只麻雀从碗沿的豁口处回到树上
有时候,遗漏的阳光
会被一棵返青的野草重新扶一下

村口小树林的荒草丛里
一只外出觅食的甲虫,步履匆匆
回到家中。而它失踪的孩子
被碗中残留的水渍
悄悄记录下一个消失的家姓

阳光沿着碗沿爬到碗底
再沿着碗底爬到碗沿。一只丢弃的瓷碗
还在替他的主人继续喂养人间

原载于微信公众号"朔方文学"2021年8月

1 理想主义

他憋住一口热血
几年，或几十年不动声色
为了那一天向世界证明
向某个影子，某句真理
呈上他的创造
然后倒在鲜血之中
沉沉地休息，名垂千古
但现在提前漏气了
提前崩溃
在那条路上的某个路口
他不想动了
他曾经创造了一半的奇迹
为了这件事情，彻夜不眠
双眼炯炯有神
现在却争分夺秒地毁灭
他为这莫名其妙的坍塌而解脱
就地入梦，不再起来
过去的功绩也消失殆尽
剩下的，从未诞生的
已经太迟了
那口血带走了仅有的奇迹
也带走他，一切都白费了
消失在这个理想主义地球的中心
唯一的成就是在这失败中生存

原载于《诗歌月刊》2021 年第 9 期

1

乡村学堂

他在祠堂那边晨读

炊烟升起,塔楼上的钟声
就当当当地响了起来

他用光,用冰凉的黎明
测量童年的寂寞

他在池塘那边歌唱

微弱的声浪飘过水面
一个自我的大海开始涌动

那么多的时光,那么少的音符
如同一个白色梦境

夜游山塘

2

春风望断,少女在玫瑰花冠上战栗
微光与尘埃充盈着山塘河的心脏

苍鹭藏匿于红尘中,倾听
渡僧桥上传来的脚步声

坐船的人,骑马的人
从残破的画卷中走出来

水磨调在水面上游荡
沉默的爱人,从梦中走失

摘青梅的人消失在历史的烟尘中
似水流年的皱褶里探出美与绝望

合欢树下,陌生人头顶星光
清唱那青春的哀歌、寂寞的沟渠

原载于《诗林》2021年第5期

1 傍晚

傍晚,三只鸟雀
相继跃下松树枝

它们并不存在
相续的次序——

它们都无知于
——存在

它们的翅膀
因晚风而凌乱

是晃动的树枝——
在提醒即将被抚触的遗忘

遗忘背后则是——
永恒的满月之仓

原载于《大湾》2021年第5期

1

铁锹铲雪

醒来听见铁锹铲雪的声音
沉重,悠远,持续不断
我安静地听着
感受铁与雪,人和命运
期间有一小会儿消失
这让我紧张
幸好片刻后声音又开始继续

这是大雪后的清晨
和 30 年前的某一天
奇迹般重叠
父亲在窗外铲雪
我环顾四周,家还是小时候的布局
屋子里很暖和
好像年轻的父亲会随时走进来
时光再现,时光再也不见

2 那条路

一条热带鱼养在寒冬
每次喂食,我都想:
"瞧,我不合时宜的生活。"
今天换水它险些掉入下水道
回想细节,分明是它主动跃起
以为把它放归大海

鱼还在鱼缸里
但我还是感到一条像鱼的事物
已经出走
一整天,我不断想起它
和那条晦暗不明的道路
如果可以称之为一条路
道路尽头,应该有一个想象的大海
深夜,再次来到洗手间
望向那条路
又冷又黑
我到达了哪里?

原载于微信公众号"无限事"2021 年 5 月

1

落花记

天气预报说半夜会有一场大雪
已经回暖的气温
会再次下降到零度以下
出门的时候要注意加衣保暖,注意……
但有谁会在半夜迫不及待
抛下臂弯里的亲爱的,出门
去赶一场大雪呢
现在,我也只是隔着窗户看着
一树又一树影影绰绰的杏花
在若有若无的煦风中
因初生的欣喜而情不自禁战栗着
在今夜,它们就要
被铺天盖地的雪花覆盖——
这是花对花的覆盖、白对白的绞杀
究竟有什么要紧的事
让这一簇簇单薄的花朵
挤破黑黢黢的木枝
急不可待地,去遭遇
短暂命运里一场白茫茫的大雪呢

2

闲 田

春天,撒进去的麦种

刚到夏天就已经绿油油一片

曾经积雪深厚的田垄上

已看不见艰辛的脚印、疼痛的膝盖

得竖起耳朵,才听得见

曾经凄苦不堪的鸟鸣

变得这么欢欣

几乎让你以为过去是一场错觉

让你也怀疑去年

就眺望过的这块地

究竟收获过玉米还是高粱

一样的。反正是施肥、浇水、锄草……

坐在田埂上狠狠抽烟

轻轻抹汗,高声咒骂

若干年前,它荒着,人们匆匆经过

若干年后,它荒着,没有人抬手指认

原载于《诗潮》2021 年第 2 期

1 黥面

很多年前的深夜,我的伙计们
围着一堆篝火,昏昏欲睡
火中噼啪作响的树枝
像挣扎,像呻吟,像求救
仔细听,每一根枝条的喊声
并不相同。寒意瑟缩。火焰忽高忽低
映照着熟睡者僵硬的脸,像是为他们
一遍遍,耐心地黥着面。在炙热火光中
他们捂着黥过的面孔,被莫测的梦境
从这篝火旁,流放到无垠而黑暗的远方
忘了是谁,像火中的枯枝般
尖叫了一声,又死灰般,睡熟了
——每个黥面者,一定有热辣辣的
疼痛,需要喊出来
喊出来,就可以心如死灰般,流放了

2 归去来

关门之后,如果我永不归来
我的房间里,即便出现犀牛、森林、法师
一头沉睡的鲸鱼、两颗正在相撞的彗星
也绝不会有人发现。如果我
永不归来,瓷杯里将海浪汹涌
每一片残茶,会成长为一片孤岛。而书桌上
几页手稿中提及的那些人,也会
从纸上,跃然而出
他们形形色色。会相爱,会争夺,会流泪……
一个没有主人的房间
就会诞生律法,刑场,瘟疫
为了阻止一个新的世界
我每天,都一次次掏出
这把,陈旧的钥匙

原载于微信公众号"天天诗历"2021年1月

1 致一位朋友

报纸带来了消息
我没法穿上黑衣服去吊唁
我没机会抱一抱她的女儿
小我一岁的朋友
笑容定格在照片上
我们并肩坐着
一起活过

我有些内疚
为一个不太熟的老朋友
为她的离去
为我们之间的空缺
到底是什么原因
让人失语？
短暂交集却再不相见的朋友

她撕下我的一部分
带走我的一部分

现在也不知道说些什么
只剩沉默

原载于《诗潮》2021 年第 8 期

1

意外所获

在山上宿营
当我们把桶里取来的水喝光
突然发现
刚刚养大的月亮不见了
它在我的身体里
静静地发光
那光芒，比天上的月亮
吐出的还要多
还要亮
无数的光线在我的身体里
汹涌着，澎湃着
直到从我的眼睛里
飞溅出来
仿佛从未出世的河流

原载于微信公众号"长江诗歌出版中心"2021年11月

1 | 手

奶奶有手,但她总是把手
放在坛子中、簸箕里,放在供桌的水果上
她把手放进火堆里扔栎炭
放进辣椒水里,搅拌,腌制
青菜和豆腐,帮它们重生
她用手播种,收割,编织
把手放在地上,埋葬自己的女儿
偶尔也会看到,她把手放在头上
梳理灰白的发髻,扭结,缠绕
直到有一天,她让她的手,消失在天空中
她用手指在云层上,轻轻戳了几个洞
雨,就落了下来

原载于微信公众号"撞身取暖"2021年11月

1

静夜思

彼时,白驹劈开一段月光,在一片白杨林里静立。
城市的灯火渐远,从叶的罅隙透过来,像昨夜的繁星。
其时,天空明净,没有一颗星,明月高悬。
在窗顶,向上,再向上,只要你微微伸手,即可捏住月亮的尖角。
但,你没有,这陌生的荒郊野外,令你喘息急促。
车窗紧闭,落了安全锁后,你的话方多起来,像一片片树叶在婆娑。
一段青春就是一棵树,叶子是属于自己的,你有飘摇的自由。
往事如月下的树影,静静地,在那里,如若不是被提问,它是无声的。
我们都有一截月光,躲在夜的枝丫,不肯亮出来。
它像雾那么轻,似无似有,似有似无。
——是有的!它从来一直亮给一个人看——
给自己。

月亮在不经意间移至车顶。白驹更白。月色
更浓。蛙声起,蛐儿鸣,大地的轰响,除了我们,没人听见。
你像你颈上佩戴的红豆,一不小心落入我孤寂的月光。
就像我那枚受伤的指甲上的积血,早已没有了疼痛,只有红,
如红豆的红,在属于他的狭窄的床上,越升越高。

原载于《诗刊》(下半月刊)2021 年第 6 期

1 关于哭泣

如果那人躲到树林里
号啕大哭,那就是
一片树林号啕大哭
如果这躲藏是来自羞愧
那么树林也为此羞愧

作为旁观者,你看到一片树林
在哭泣中颤抖。你知道
哭的时候,那人地震过
经历了毁灭与重建

走出树林之前,那人走过了
人生摇摇欲坠的那一步
树林平复下来的样子
更像个刚刚擦去眼泪的人

原载于微信公众号"华文青年诗人奖"2021年8月

1 失踪的瓦

一片孤独的瓦,独自走向天空
微微翘起的姿势,有点骄傲
它,一直没有落下来
仿佛兀自反向而上
我的小镇上,一条柏木檩子
就能挽救这样一片绝世的瓦
当我站在瓦片之下
提前感受到了这个镇子
顶尖的碎裂。哦,不
这是一片圆满的瓦
在旧时光纷纷黏合的余生
绝不会掉落在我的意念里
某个夜晚,那片瓦终于消失了
像被闪电击中。第二天
我在院子里到处找不到碎片
一点瓦的踪影都没有
这证明了我的判断
有一种消失,是引力的消失
美或者爱,也是这样

原载于《诗刊》(上半月刊)2021 年第 1 期

2

欠 身

为了看江,我总站在高绝之处
让身体前倾
身旁的黄桷树以更大的幅度
前倾,隐秘地生长
努力地道歉
我们都没有说出自己亏欠了谁
当"欠身"成为习惯
我渐渐学会了自由地致敬
每次,我都会在这里
把上半身的思想,向前送一送
形同抛弃自己的
重力
轻些,更轻些,爱与恨
都簌簌而落
我听到老树的呼吸,是风给的
而我的活着,是借来的
于是,每天,你看到的我
都在向身下的长江,赊欠水质的白银

原载于《边疆文学》2021 年第 4 期

1

赫哲人的口弦琴

在寂静中听,最好是黑夜
在孤独时听,最好心中想着某人

小巧的琴身,如一小道明亮波浪,含在唇间
钢丝琴弦发出,充满弹性不可磨损的低音
像夏季,白茅丛中的
草虫,用后腿摩擦着鞘翅
或是寒冬,我们躲在白桦屋内
听窗外风雪打旋的颤音

耳朵被放大了,听觉来到声音的背面
那些在弦音中离开的,跟着雪落了回来

原载于《诗刊》(下半月刊)2021年第7期

1 公园里的花鹿

这次我看到的并非
草场围栏内
缓缓走动着的鹿群
慵懒地啃草或骚动起来

夜晚的草坪上
两只花鹿撞进我的视线
它们身下是柔软的草坪
成堆的枯叶。它们

唇颈相抵,甚至能
感受到一丝轻柔的气息
一只仰着头,像鹿群中的王
一只卧着,无比顺从

周边的景物停了下来
月光涌成明亮的瀑布
安寂笼罩着草坪,它们没有移动
却先于我摆脱了束缚

原载于《延河》(下半月刊)2021年第2期

1

诗的节奏

我血液里流淌三个月亮,屈原、李白、荷马
它们顾菀在腹,对影成三,雅典的上空
史前万籁俱寂的夜晚慷慨地照耀大地
醉酒的水手们驶向梦的境界与世界的尽头
如今,异乡的窗口,我从夜的深处撷取它
破碎的光线与乡愁,我投影在机台上的孤独
它在天空滑行,带着古老的悲伤
我凝视在银灰色灯光里消失的夜景
阳台上女工们的期望,当我的目光与月亮重合
那赋给万物以温柔的月亮,繁华的工业区街道
在它的上面,迷宫的夜晚交错棕榈阴影
那在暗中监视我的警报器,它精确的角度
打开的幻想与孤独,一片震颤的月光
从背脊上流出,那些冰凉的月光照亮
冷冷的机台——那声音
也许,就是古老诗句的节奏

2 梦的诗句

我等待一个无比神秘的远方
一辆夜行火车穿过南国的春夜
窗外的星星召唤内心无限的秘密
它用微弱的光、星座、卜算、翅膀
我在黑暗中等待黎明的光线
自由的羽翼,树枝栖息的梦
生命欢娱的暮色,深蓝的夜
火车经过隧道短暂黑暗中的沉思
亮如永昼的灯光投下坚硬的阴影
一块无声无息的铁片破解未来
在订单的裂缝,遇见漂泊的人
丧失乡愁,在灰暗而孤独的城市
我们踯躅在狭小的齿轮和塑料片
落日点燃寂寥的工业区浪掷的生命
我用旧机台打造出幽暝的未来
用远方打造梦的诗句,诗歌赋予我
最奢侈的爱和不能抵达的远方

原载于《广州文艺》2021年第6期

1 到灯塔去

我寻找一座灯塔，
走了很远很远，
终于来到地图上标记的地方。
这里并没有灯塔，
这里是一片普通的陆地。

我终于来到了这里，
终于不再追寻
原来那个若隐若现的点，
在它消失的时候，
我明白自己已经在要朝拜的灯塔里了。

只有全然迷散的光晕，
就是这个地方，平凡无奇，
我开始抵达，
开始了不需要终点的追寻。

原载于微信公众号"白色之上的白色"2021年10月

1
瓷器

不同质地、款式、花纹
不同产地、用处、来历
在画布上永恒的静物
在我的手上有了毁灭的可能

我的爱存在无数意外
掌心留不住的岂止流沙
滑落是拥有的最后期限

还是会忍不住买新的咖啡杯
那是新的，完整的空间
不像我的回忆，总是盛满碎片
一不小心，就割破了时间

2 致少年

芦苇，白桦，湖水
山坡上一整片细小繁密的白色绒花
枯草中丛生的火棘
群山，群山中的弯道
一一闪逝于夕色

"万物都值得赞美"

二十年光影交错在一瞬
那些不能命名的事物各有野性
但独立存在的我们并没有错过什么

草木山色还在四季之中
经年的风吹还是有忽然转身的拥抱
这一切让人心动
你看到阳光的金线小心翼翼
勾勒着少年的侧脸

原载于《星星·诗歌原创》2021年第10期

1

风捎来的话

你可能会信飘来的
曾在风里起起落落,被海浪拍拍打打的
那几句话

这些话有时盛赞大海
或者拼命说一朵玫瑰馥郁
长长短短的句子
伴随着标点,和口腔里残留的姜葱味
一秒钟,倾泻于
你的腹中

瞬间获得的酸爽听觉
等到第四个夜晚
又想吐出

某些倾诉,像屠杀,像瘟疫
一万次这样的修炼后
我们甄别剧情,克制耳朵的方向
但有风刮来时,依旧凑近了听

原载于《扬子江诗刊》2021年第2期

1 圆镜

悬于堂屋门框上的圆镜,照着进出神龛的
祖先,也照着过路的佛陀
它抽出冷冽的光,鞭打不怀好意的兽
混迹人群的妖。多年后
老屋坍塌,被护佑的家具暴露于涟涟雨水
被放逐的亲人散落各自的异乡
剩下这面圆镜,躺在断砖碎瓦间
体内布满深渊与谷地
它仍然仰面照着来历不明的天空
照着那副被子孙们抬入堂屋的
椿木棺椁,祖母从镜中慢慢走了出去

2

水边的毛桃树

我从未完整收获那棵长在水边的毛桃树
结出的果实。许多年来
河渠得到的毛桃总比我多,那些水里
游动的小幽灵,淹死的鸟
逆行的蛇类,接纳的夏天比我更完整
密集。我站在树下,必须承认一棵树的命运
承认一棵树存在于水边的意义
它的身下,一半是永不翻动的大地
另一半是奔赴远方的河流。
这个夏天,就像从前所有的夏天
我依旧举起长竹竿敲打桃枝
许多遗失的事物跌入故乡的容器

原载于《星星·诗歌原创》2021年第3期

图书在版编目（CIP）数据

2021中国青年诗人作品选／龚学敏，刘学民主编．——成都：成都时代出版社，2022.7
ISBN 978-7-5464-3082-9

Ⅰ.①2… Ⅱ.①龚… ②刘… Ⅲ.①诗集—中国—当代 Ⅳ.① I227

中国版本图书馆 CIP 数据核字（2022）第 082184 号

2021 中国青年诗人作品选
2021 ZHONGGUO QINGNIAN SHIREN ZUOPINXUAN

龚学敏 刘学民 主编

出 品 人	达 海
责任编辑	李卫平
责任校对	张 巧
责任印制	车 夫
封面设计	许天琪
装帧设计	成都九天众和

出版发行	成都时代出版社
电 话	（028）86742352（编辑部）
	（028）86763285（市场营销部）
印 刷	成都博瑞印务有限公司
规 格	145mm×210mm
印 张	6.875
字 数	130 千
版 次	2022 年 7 月第 1 版
印 次	2022 年 7 月第 1 次印刷
书 号	ISBN 978-7-5464-3082-9
定 价	58.00 元

著作权所有·违者必究
本书若出现印装质量问题，请与工厂联系。电话：（028）85951708

事故发生经过······

事故发生原因······

伤亡人数和直接经济损失······

事故责任的认定和对事故责任者的处理建议······

撼动土台的大蚂蚁需要一对腿箍

也落着尘埃

要保持写诗的节奏，就像保持呼吸那样

伸手触到竹底晨露

树影没有移动，旅途也从未存在